UNIVERSO
LUX

*Tómame la mano y haz que venga la tormenta,
tan catastrófica, tan fuerte, tan grande.
Rompe más mi corazón en mil pedazos,
conviértelo en migajas; pero te lo ruego, no te vayas,
que me has dado esperanzas, y una de ellas
es volver a amar.*

Los pedazos de un corazón roto
Sofía Hidekel

© 2023 Sofía Hidekel
Primera Edición

Instagram: @luxeditorial
Impreso en Colombia por:
Grupo Dux S.A.S

ISBN: 978-628-95709-2-2

   Queda prohibida cualquier forma de reproducción, distribución, comunicación pública y transformación de esta obra mediante cualquier medio impreso o electrónico, sin contar con la autorización de la editorial. La infracción de los derechos mencionados puede ser constitutiva de delito contra la propiedad intelectual.

Los pedazos de un corazón roto

Sofía Hidekel

Prólogo:

Comienza en verano una historia romántica entre dos chicos enamorados de la naturaleza, Dylan y Lena, quienes son "almas gemelas". Un día normal en mi pequeño pueblo mágico de Carmel-by-the-Sea, en Canadá. Hace algunos años, tenía la vida más perfecta del mundo y disfrutaba de la compañía de mi mejor amigo, y solo éramos Liam y Lena. El cielo se tiñe de azul claro y las nubes tapan el sol, mientras que la mañana es tan fresca como cuando mi papá partió.

Solía tener la mejor disposición de vida, mi sonrisa era maravillosa, pero después de la partida de Raquel, me dejó con la peor experiencia. El día cae, la noche llora y junto con el aire, caen mis lágrimas. Dylan es el chico más lindo e increíble que he conocido. Su amabilidad y bipolaridad son comunes en un humano, pero Dylan es tan... tan... tan "único".

Vivir sola no está mal, o al menos eso quiero creer. El odio y el amor son benéficos, pero también irónicos. ¿Sabes cuál es la diferencia entre la noche y la soledad? Realmente no hay diferencia, a excepción de que en algunas ocasiones la noche puede ser acompañada, ya sea con tu familia, tu amante o tu amiga. Pero eso no es importante, porque al final, siempre terminamos solos. Me gusta el día, pero la noche es perfecta.

Lena Adrienne Dankword es una chica de 16 años. Su vida no ha sido la mejor desde los 13 años debido a la pérdida de personas que incluyen su entorno, además de haber pasado por una situación que le sucede a la mayoría de mujeres, donde la alegría se disuelve. Solía tener un mejor amigo del cual estaba enamorada, llamado Liam, pero él vivía en una cierta realidad paralela y no podía aceptar su realidad. No olvidemos a Isaí, quien también forma parte de esta gran historia.

Lena conoce a un chico llamado Dylan Jared Lombardi, quien siempre la apoya en sus mínimos detalles y la hace sentir de una manera que ni Liam ni Isaí juntos lograron.

La historia principal del libro es la de Lena, quien tiene tres amores para ella misma, pero le teme completamente a su pasado. No tiene a ninguna persona más que una libreta vieja perteneciente a su tatarabuelo, la cual no es la más bonita, pero al menos la entiende. Lena vive sola con su madre y su hermana, quienes trabajan demasiado para sacar adelante a Lena, pero siempre que ella solo quiere atención, la evitan completamente. Lena está harta de su entorno y decide crear uno nuevo llamado "Los pedazos de un corazón alegre", pero la alegría se disuelve de nuevo ante las pérdidas que pasará, por lo que decide llamarlo "Los pedazos de un corazón roto".

Lena es una chica apasionada por el arte, disfruta tocar instrumentos y practicar ballet. Sin embargo, su familia la desanima al considerar que sus intereses son un sueño inútil y que nunca ganará nada con ese "triste y estúpido talento".

Dylan Jared Lombardi es un chico amable, carismático y atractivo, pero su triste pasado incluye varias tragedias y necesita la ayuda de otros para escapar de su realidad dolorosa. Por eso, decide unirse a "Los pedazos de un corazón Alegre" junto con Lena, pero tras enfrentar un proceso difícil y sentir que no podía continuar, decide unirse a "Los pedazos de un corazón Roto".

"No soy fuerte", se lamenta Lena.

"Vamos, no te rindas, tú puedes".

"Mi ritmo cardíaco está desacelerado", responde Lena.

"¡Lucha, Lena! ¡Lucha!".

"Debo poder", se convence Lena.

"¡Vamos, Lena! ¡Tú puedes!".

Despierta y encuentra a varias personas a su alrededor. No los reconoce, pero hay algo familiar en ellos. "¿Quién eres tú?", pregunta Lena.

"Lena, soy Dylan, tu... tu novio", le responde él.

Ambos chicos parecen ser almas gemelas, pero aún no se conocen lo suficiente. ¿Qué pasará con "Los pedazos de un corazón Roto"?

Capítulo 1.

Lena:

Es raro mantener varios sentimientos y secretos en una misma mente. Cuando la mente se pone a funcionar, crea un torbellino de emociones. Por ejemplo, cuando una persona te importa lo suficiente y te da cualquier regalo, es demasiado especial, tanto que todas tus emociones de felicidad se mezclan y crean ese torbellino. También suele pasar cuando te peleas con tu peor enemigo...

—¡Señorita Dankword! —exclamó la maestra de filosofía, muy molesta cuando la interrumpí. Prosiguió— ¿Está poniendo atención?

Sentí tan fuerte la potencia de su voz que me horroricé, como cualquier otro maestro lo hacía mientras yo escribía en mi cuaderno.

Sin vergüenza alguna, pero con la voz temblorosa, le respondí:

—Una disculpa, maestra, suelo distraerme, pero le estoy prestando atención. —Mentí.

¿Por qué había mentido en una razón tan obvia? No tenía respuestas claras en mi cabeza, pero, aun así, me justifiqué.

La maestra se acercaba a mi banca y exclamé: —*Carajo, carajo...*

—¿Puedo ver sus notas? —me dijo mientras yo escondía el cuaderno.

Fue demasiado llamativa mi reacción, solo moví mi cabeza diciendo que no.

La maestra me quitó mi cuaderno que tenía entre las piernas cubriendo con mi mano, aunque el cuaderno no era de la materia, lo parecía, ya que, era un cuaderno demasiado viejo, según mi mamá dice que le perteneció a mi tatarabuelo, era demasiado ilógico que me dijera que le pertenecía a él, pues se veía como un estilo de los 90 con una hermosa portada que decía París. Realmente me gustaba mucho, porque traía un logo que llamaba mucho mi atención, era como un espejo y traía muchas letras cursivas en la parte inferior en medio, hasta arriba tenía una abeja con una corona y era de color caf... volvió a interrumpir la maestra.

—¡Señorita Dankword! Le estoy hablando. —Farfullo enojada —¡Detesto este tipo de acciones en mi clase, muchísimo más que no me pongan la atención cuando estoy hablando, así que vallase de aquí con su estúpido cuaderno y escriba afuera, que en mi clase no quiero volver a verla!

¡Nooooooo! Mi mente estaba nublada y se mezclaban mis emociones de furia, esto que estoy sintiendo es un torbellino de emociones, no de sentimientos, emociones. Mientras tomaba mis cosas para retirarme, imagine a mamá muy enojada, su piel güera y con el color carmesí en la cara gritándome.

¡Por Dios! Esta vez sí va a encerrarme de por vida.

Salí demasiado enojada del salón. Afuera pude notar que la ventana estaba abierta, así que decidí gritar mientras le hacía una seña obscena a mi maestra.

—No puedo creer que una docente de la escuela expulse a su propia alumna con groserías. —¡Saqué todo el estrés gritando! Teniendo en cuenta que al gritar eso la metería en problemas, aunque no había sido la mejor estrategia, pero si quería que la regañaran.

11

Me eché a correr, cuando mi corazón latía demasiado rápido y mi respiración ya tan entrecortada tuve que detenerme. Estaba demasiado molesta, aunque la verdad no era algo raro de mí, siempre tenía problemas con los maestros por expresar mi originalidad. Casi nunca sonreía porque siempre que lo hacía, algo raro pasaba. No sabía con exactitud qué era, solo sé que todos se volvían locos.

Mi mamá decía que yo era muy extraña, ya que no tenía amigos más que a Liam. Era güerito, con cabello color rojo y se le marcaba un hoyuelo en su mejilla derecha. Era completamente diferente a mí, él era súper divertido y muy sofisticado, aunque admitía que a veces era demasiado irritante. Pero también admitía que me ayudaba en mis peores momentos, aun cuando no nos conocíamos.

Liam y yo compartíamos algunos gustos musicales, como *Café Tacvba, Zoé, Hombres G, Mon Laferte, Carla Morrison, etc.* También nos gustaban grupos como *Twenty One Pilots* y los religiosos *New Boys,* aunque ellos nos daban risa, ya que eran hombres como de 30 años, no eran jóvenes o niños para ponerse *"p".* Pero aun así, su música era buena.

Era algo demasiado raro y superunido, ya que había un cantante en específico por el que nos derramábamos completamente. Era el hermoso chico llamado *"BERH".* Sus canciones no eran tan escuchadas y por el momento solía tener pocos seguidores en Instagram, pero su música era perfecta. Era tranquila y podías despejarte de la aburrida y melancólica realidad. Su único álbum se llama *"Álbum para fracasar en el amor".* Era irónico, Liam y yo jamás nos habíamos enamorado de nadie (a excepción de mí, enamorada de mi mejor amigo). Pero nos gustaba cantar sus canciones como si nos hubiera aplastado un ferrocarril del amor destruido.

En mi cabeza solo pasaba la pregunta del millón: ¿qué se sentirá estar completamente enamorada? Yo, al ver a Liam, era como si unas olas de mar con muchos peces se sintieran en mi estómago. Él era mi sol, aun cuando era de noche. Me puse los audífonos y le puse *"Play"* a una canción de *"Caztro"*, la cual se llama *"Un poquito de amor"*. Soñaba con que algún día me la cantara Liam estando muy enamorado de mí.

A veces veía a Liam sonreír desde su salón; su sonrisa era demasiado contagiosa, pero fingía que no era de mi agrado. Solo me gustaba hacerlo para que después lo viera alzar su labio como si tuviera un hilito que lo controlase y fingiera que no se estaba enojando, pero yo lo conocía completamente.

Pensar en Liam era lo más bonito, imaginando sus hermosos ojos color miel intenso. Su cabello era semejante a cascadas rojas. Me hacía sentir tan especial basándome en su lindo y atractivo nombre, *"Liam Loughthy"*. Su padre era francés, por eso su apellido era el más perfecto que había escuchado.

Curiosamente, siempre veíamos el mundo diferente. Cuando hablábamos, nos perdíamos en nuestras miradas. Aunque mis ojos eran grises y me gustaban, los de él hacían que mis ojos se opacaran.

¡También, pensar en Liam era frustrante! ¡AGGGH! ¡OTRA VEZ SE ME PASÓ EL TIEMPO RÁPIDO! Solo desaparece de mi mente, porque si sigo faltando a clases, reprobaré el estúpido año.

Debía admitir que no me gustaba la escuela. No era mi estilo totalmente.

¡SOLO ALÉJATE DE MÍ! —Farfullé molesta por pensar tanto en Liam.

Capítulo 2

Lena:

La clase final era de Literatura. No sabía qué era lo que más me emocionaba, si el saber que era mi clase favorita, o tal vez cuando saliera del salón ver a Liam bajo las escaleras esperándome para llevarme a casa. Creo que ambas tenían sentido.

Me emocioné al escuchar que la maestra dijo: —Deben hacer un poema para una persona, declarándole su amor o dándole protección. Se entregará en semifinales del semestre—. Por Dios, mi corazón latió tan fuerte que sentí que iba a explotar dentro de mí. ¿A quién se lo haría? Tenía tantas opciones, pero solo en mi mente aparecía el chico de cabello rojizo.

Sonó el timbre que indicaba que ya habían acabado las clases por el día de hoy.

Tenía la intriga de saber si se lo haría al chico de cabello rojo o a alguien más...

—Pero también puedo hacérselo a mi mamá, ¿no? —dije en voz baja, pensando que nadie me escucharía.

—¿Con quién hablas, Ele? —rio Violeta Dening. —¿Ya sabes a quién le harás el poema?

Violeta era una de mis pocas amigas. Aunque yo no la consideraba mi mejor amiga, ella a mí sí. Era demasiado confuso e irritante que me llamara "Ele". ¡Mi nombre es LENA, no Ele! Había intentado corregirla varias veces, pero parecía que no le importaba en absoluto.

—Aún no he decidido a quién se lo haré, tengo algunas opciones Let. —respondí. Sabía que le molestaba que le dijera así, por eso lo hice.

—Apuesto a que tu poema será el mejor de la clase, como acostumbra a ser siempre. —mencionó con una risa cortante. —La maestra tiene mucha preferencia por ti. —agregó con voz entrecortada.

La verdad no sabía qué decir ante tan... ¿alago? Si es que lo era. ¿Por qué sonó triste su voz? ¿Qué le pasa? Conclusión: es bipolar. Hace unos segundos se me acercó demasiado entusiasmada, ¿por qué ahora suena triste? No sabía qué hacer, así que simplemente huí.

Vamos Liam, contesta, por dios. Llevaba más de 10 minutos esperando a Liam y marcándole, algo me decía que lo habían castigado por su tan bello comportamiento. ¡Ahhhhh! ¿Qué dices LENA? ¿Hasta eso ves lindo de él? Estás locaaaa. Mi mente era mi peor enemiga en estos momentos, solo se enfocaba en Liam.

Cuando fui a buscar a Liam, sabía que tenía razón. Él estaba castigado junto a sus amigos en la dirección. Aunque debía admitir que uno de sus amigos era demasiado guapo. Me recordaba demasiado a una canción de Mon Laferte llamada "Flaco". Era un chico con el cabello quebrado, ojos grises, alto, de piel blanca pálida, se le marcaban sus hoyuelos en ambos cachetes, flaco, color de cabello café, y lo más atractivo de él era su nombre: Isaí. Cuando pensaba en Isaí, sentía cómo sus manos recorrían suavemente mis mejillas con algo de conexión con nuestros ojos, pero después Liam aparecía en mi mente.

—Hey, Lena, ven. —me habló Liam.

—¿Qué es lo que quieres, Liam? —contesté algo molesta.

—Necesito que me ayudes a escapar con mis amigos —me ordenó.

—¿Qué? ¿Estás estúpido? No, no lo haré. ¿Cómo crees? Me expulsarán si se dan cuenta —farfullé demasiado inquieta y molesta.

—Ves, te dije que no aceptarías —pronunció Isaí reprendiendo a Liam.

Por Dios, escuchar la voz de Isaí me daba tanta tranquilidad que me hacía sentir tantos escalofríos. Su voz era suave y muy directa. Era casi imposible decirle que no.

Liam me vio con ojos retadores. Ahí me di cuenta de que estaba enojado conmigo, pero yo no haría algo que me trajera consecuencias. Pensé.

Al escuchar la voz de Isaí susurrándole a Liam que me convenciera, era casi imposible decirle no al mismísimo Liam, así que accedí. Me arrepentiría, lo sé. Liam, Isaí y yo hicimos un plan. Yo debía fingir que me había lastimado el brazo llamando al director para que ellos pudieran escapar.

—Ahhhhh, ¡mi mano! ¡Ayúdenme, por favor! —Entré a dirección sangrando de mi mano. Me tuve que hacer una pequeña línea de sangre para que se viera más real.

Ellos fingieron preocupación para llamar la atención del director. Pocos segundos después, el director salió corriendo de su oficina para auxiliarme. Observó mi mano y me llevó a la enfermería. Eso serviría para que los chicos se escaparan, y así fue. Ellos escaparon y a mí me dejaron en la enfermería.

Pocos minutos después, la enfermera me puso una venda y me dejó ir. Solo escuché el quejido del director y decidí irme corriendo. Correr era mi don.

Capítulo 3.

Lena:

Tengo 16 años, casi 17. Mi vida antes de los 13 era totalmente diferente. Asistía a una psicóloga por la inseguridad que tenía con mi sonrisa, pero sabía que había otras razones que no podía comprender. Realmente no era una persona abierta con mis emociones, quizás por eso no tenía muchos amigos. Me encerraba demasiado en mi propio mundo, con Liam, él me entendía perfectamente.

Recuerdo que teníamos una canción en particular que era nuestra favorita, era de Nanpa Básico con Soires Naes, se llama "Si tú no estás". No nos la dedicábamos mutuamente, ambos teníamos miedo de alejarnos. No podía hablarle de Isaí a la psicóloga, aunque me atraía menos que Liam. Pensar en Isaí me hacía feliz, pero de repente Liam aparecía en mi mente y me hacía aún más feliz. Estaba muy confundida con mis sentimientos y no sabía a cuál de los dos debía prestar más atención.

Ir con la psicóloga me hacía sentir despreciable. ¿Por qué pagarle a alguien que me quiere "ayudar"? Creo que la ayuda no se cobra de ninguna manera. El lema de la psicóloga era "Si sueltas tu pasado, será más fácil seguir tu presente y divertirte en tu futuro", pero aunque sonaba fácil, no lo era en realidad.

Mi pasado me había marcado demasiado. Trato de recordar los momentos más felices, pero llega la nostalgia al recordarlos y solo me pongo a llorar. No tengo a nadie a quien contarle cómo me siento, a excepción de la psicóloga, pero no le tengo la confianza suficiente. Bueno, no le tengo ni un poco de confianza.

Vivo sola con mi hermana y mi mamá. No ha sido fácil verla trabajar y gastarse todo en nosotras. Mi hermana es mayor que yo por 5 años y tiene ocupaciones más importantes que brindarme atención. Y está bien, no las juzgo. No solo yo tengo mi vida privada.

Vivo en una casa de un solo piso. No es grande, pero hay mucha paz. La gente que suele visitarnos a veces no quiere irse, especialmente por la hermosa tranquilidad que hay.

Lo único que tengo para desahogarme es esta libreta vieja con adorno bonito, pero con una mordida en la esquina. La uso como un diario. La encontré en una caja musical con muchas telarañas y polvo. A pesar de que soy alérgica al polvo, decidí arriesgarme porque me gustó muchísimo. Valió la pena la alergia que tomé. La libreta me libera.

Cuando estoy sola en casa me gusta preparar hotcakes. No es que tenga un físico bonito. Soy de estatura media, tengo ojos grises, labios gruesos, nariz puntiaguda, cabello corto y rizado de color marrón. Soy corpulenta. No tengo medidas de modelo. Soy más de 100/80/100. Por eso no me preocupo por mi alimentación.

La psicóloga me dice que debo dejar de comer tantas chucherías. Sería más fácil si empezara a hacer un poco de ejercicio, pero prefiero ser yo misma. Tengo un maldito vicio que me gustaría dejar: fumar. Lo aprendí de mi mamá.

Comprendo que no soy la mejor, pero debería ser más sociable. Liam era lo suficientemente agradable. Él era el más desastroso de la escuela. Todos lo adoran, a excepción del grupo de Caleb, que está conformado por 10 personas y probablemente lo odian porque quieren "asistir a todas las fiestas".

Mi inspiración no salió al tratar de escribir el poema. Lo intenté, pero fue imposible. ¿Por qué me encontraba sola? ¿Por qué era tan difícil? ¿Por qué mi mamá no estaba abrazándome? Mis lágrimas se escurrían y solo quería salir llorando de mi casa, correr lo más lejos posible sin detenerme, que mis pies me llevaran a mi destino o que tal vez corriera tan rápido que me salieran alas y pudiera volar sin cesar.

Mi mente empezaba a colapsar, tenía que tomar mis pastillas. "¡MALDITA SEA, ¿DÓNDE CARAJO LAS DEJÉ?!" grité desesperada. Mi molestia, mis lágrimas, mi corazón, estaban totalmente quebrados, y solo refunfuñaba sin razón alguna.

Solo necesitaba a alguien, una sola persona, no solo una libreta vieja. Necesitaba a un ser humano conmigo, abrazándome nada más, que el silencio fuera la única melodía de aquel espantoso y triste momento de soledad. Mis lágrimas eran el sonido de aquel triste momento y aunque fuera demasiado estúpido, yo las escuchaba. Escuchaba cómo decían que no lo hiciera, que no llorara. Eran mi única consolación, pero seguía siendo inútil. Eran cada vez más y más.

Al final, no tuve suerte. Fue inútil seguir buscando mis pastillas. Me rendí y me dejé caer completamente en el sillón grande del sofá. Me puse mis audífonos y puse "play" a la canción "Bailemos" de BERH. Empecé a tararear la canción mientras me imaginaba bailando toda la noche con Liam mientras llovía.

Pronto me quedé dormida. No supe cuándo llegó mi mamá ni mi hermana. Me dormí con los audífonos puestos y la canción "Bailemos" seguía sonando en repetición.

Capítulo 4.

Lena:

En la escuela me sentía más tranquila al ver a Liam. Su sonrisa era mi rayito de luz en mi mundo oscuro. Siendo honesta, nunca había dependido emocionalmente de alguien, pero la sonrisa de Liam era mi debilidad.

Ahora me encontraba sentada en el pasto rodeada de unos 10 chicos, con Liam a un lado e Isaí al otro. Ambos hacían que mi noche fuera como cualquier día de lluvia. Liam era especial para mí e Isaí tenía el carisma más hermoso del mundo.

Liam e Isaí eran polos opuestos en muchos aspectos. Conocía a Liam, pero no lo suficiente a Isaí. Se veía mucho que ambos discutían por cosas insignificantes.

—Vamos Liam, ¿te da miedo volver a perder? —dijo en un tono burlón Isaí.

—Ni loco le hablaré, ¿oíste? —mencionó Liam volteando a ver a una chica.

—Vamos Lena, dile a Liam que juegue. —intentó convencerme. Era difícil decirle que no. —Te prometo que si lo hace, hoy mismo tendrán una cita. —dijo Isaí.

Volteé a ver disimuladamente a la chica que Liam miraba. ¡Dios no! Ella no... Jazmín era la chica más bonita y popular de la escuela. Siempre había querido hacerme la vida imposible, su hermosa cara y su cuerpo perfecto siempre habían sido el centro de atención de todos.

—¿Te gusta Jazz, Liam? —pregunté sorprendida. Intenté hacer que mi voz sonara firme, pero salió temblorosa. Me sentí avergonzada por el suceso.

—¿Te encuentras bien, Ele? —preguntó Isaí. ¡Carajo! Lo noté... Era para que me enojara con él, pero el apodo se oía tan bien en su voz que no pude decírselo.

—¡Oh,, vaya, este... sí, sí, estoy súper! Muchas gracias por pregunt... —Liam interrumpió.

—Isaí, a Lena no le gusta que le digan "Ele", deberías saberlo.

—Oh,, lo siento, no sabía... —respondió Isaí avergonzado.

—No te preocupes, no pasa nada. Llámame como gustes. —respondí con una risa muy tímida.

—Lena te hizo una pregunta, Liam. —recordó Sam, uno de los amigos de Liam.

—Ah, sí, lo siento, no puedo decir que me gusta, no la conozco. —Su cara se tornó completamente roja. Tomó aire y siguió. —Además, siento que no te agrada ni un poco. — Resopló y le lanzó una mirada retadora a Sam. Ahí supe que Liam no contestaría mi pregunta por su cuenta.

Quise arreglar aquel comentario, pero era verdad. No la soportaba ni un poco y mucho menos su popularidad.

—Liam, no debe gustarme a mí, sino a ti. Entiende eso. — dije con voz firme y directa.

Pude notar que Liam quería sonreír, pero estaba muy nervioso y solo guardó aquel gesto notorio.

Después de eso sonó el timbre, lo que significaba que debíamos volver al salón. Liam se fue sin ni siquiera acompañarme, como solía hacerlo. Al menos me hubiera dicho que se iba. Traté de no tomarle importancia. El que se ofreció a llevarme al salón fue Isaí. No era lo mismo, pero me sentía orgullosa de que pudiera progresar con él. Sin embargo, mi corazón estaba destrozándose por el dolor que sentía al ver que Liam quería a la chica que más me ha odiado. Me ha odiado por algo que no hemos superado, ambas.

Isaí me hablaba de Ed Sheeran. Sabía quién era y me sentía orgullosa de tener esa confianza con él.

Llegamos al salón. Le agradecí y subí las escaleras. Cuando di el paso para entrar en el salón, vi algo demasiado llamativo: ¡un chico nuevo! Su estilo era muy oscuro, tenía las uñas pintadas de negro y una boina negra. Traía una pluma con un logo que no pude distinguir. "¡Wooow, me sentaré a su lado!" pensé.

Quise ser discreta, pero él me había impresionado lo suficiente como para querer sentarme a su lado. Era el primer chico que me llamaba tanto la atención. Era el tipo de chico que yo consideraba mi ideal: ojos verdes, sonrisa de oreja a oreja, y un cabello azul y alborotado. "Quiero que seas el papá de mis hijos", pensé. Pero todos empezaron a reír. ¿Qué pasaba?

Lo siento señorita, no puedo ser el papá de sus hijos - soltó una risa.

¡QUÉ CARAJO! ¡NO LO PENSÉ... LO DIJE! Pero qué pena, sentía el calor en mi rostro y mi cuerpo se aplastaba bajo una gran montaña de vergüenza. No pude decir nada al respecto, solo tomé mis cosas bruscamente y salí del salón en llamas.

La adrenalina que sentí por tal gran humillación me impulsó a caer por las escaleras. Solo vi al chico de cabello increíble bajar sin saber qué hacer.

Reaccioné en una manta blanca, cerca de mi salón. Había muchas personas a mi alrededor. Una persona me ponía alcohol en la nariz, olía horrible. Sentí una gran ola de viento llegar a mis pulmones, pero me sentía más tranquila ante la vergüenza.

Pasaron minutos y me tranquilicé totalmente. Lo que no alcanzaba a entender era por qué todas las personas me miraban con ojos retadores, como si fuera la persona más malvada que existiera en este planeta. —Puede que hayan venido de otro universo —bromeé. Seguí con mi vida y vergüenza total por el chico de cabello azul.

En esta escuela nunca tardan en correr los chismes, e incluso el más antisocial lo sabe. La vergüenza y las miradas no paran. ¡Qué incomodidad! Pensé.

Sentí la gran necesidad de llorar y reír a la vez. Esto es un torbellino de emociones, uno que realmente dolía, literalmente. ¡Tenía un chichón en la cabeza!

Capítulo 5.

Dylan:

Cuando conocí a la chica de cabello chino y café, hice un pequeño clic, aunque su torpeza y su mala forma de socializar no fueron las correctas, sentí cómo mi corazón se aceleró por completo. Lo que era raro de ella es que venía con un chico atractivo, de hecho, muy atractivo. Sin la mínima esperanza, solo entré al aula y me quedé un buen tiempo ahí, analizándola de pies a cabeza, era tan bonita. Aún no había llegado la maestra cuando vi pasar a la chica, la vi como si fuera lo más bonito que había visto de aquel hermoso pueblo mágico.

A mi familia siempre le ha gustado viajar con frecuencia, conozco varios lugares en países. Mi favorito siempre ha sido Francia, París. Cuando noté a la chica misteriosa, vi que traía una libreta muy llamativa color café que decía "París".

Cuando reaccioné al pensar en esa libreta, la chica mencionó: "Quiero que seas el papá de mis hijos". La risa que tuve que guardar al escuchar eso fue inédita. Así que solo dije con voz firme: "Lo siento, señorita, no puedo ser el papá de sus hijos". Al ver cómo se puso totalmente roja y tomó sus cosas para irse, decidí seguirla. Tal vez mi comportamiento no había sido adecuado, no debí responder ese comentario. Detrás de mí, escuchaba murmullos diciendo: "¡Ay, no, ya va con la chica más rara de la escuela!" Traté de ignorarlos y seguí en mi búsqueda. Cuando salgo y veo que hay una chica en el suelo de las escaleras, golpeada en la cabeza e inconsciente, bajé corriendo y solo grité: "¡TRAIGAN A UNA ENFERMERA, MUÉVANSE!".

Era mi primer día en esta escuela. Por obviedad, no sabía socializar. Ni siquiera sé cómo decir un simple "Hola,". Rápidamente, llegó un chico de cabello rojo como cascadas y el chico de ojos grises. Empecé a decir que hicieran espacio para que pudieran dejar que respirara. Los dos chicos no se hicieron para ningún lado, así que decidí preguntarles el porqué.

—¿Por qué no le dan espacio? —Hablé fuerte e intrigado. "¡Necesito que se lo den, o se puede asfixiar aquí!" dije molesto porque no hacían caso.

—¿Tú quién eres? Yo soy el mejor amigo de Lena, —dijo irritado.

Lena... qué hermoso nombre, sonaba a "Luna" y yo amo la "Luna". Me hizo recordar una canción de "Castro".

—Oye, lárgate de aquí, nosotros nos encargamos, —dijo el chico de ojos grises. Ignoré lo que me dijo y proseguí.

—Necesito que me digan sus nombres y me hagan espacio para poder llevarla al campo, —respondí con la voz más fuerte.

—Mi nombre es Liam, él es Isaí, y te pedimos de favor que te largues de aquí y que nos dejes ayudarla. No querrás tener problemas, ¿o sí?

Escuché que Liam le dijo:

—Ah, y este idiota, ¿cómo dices que te llamas?

Traté de ser lo más amable posible sin explotar por lo de "idiota".

—Mi nombre es Dylan, mucho gusto, —extendí mi mano tratando de ser amable.

—Ah, sí, Dylan Idiota, —dijo en tono de burla. No tomó mi mano ni para disimular.

—Así que tu nombre es Dylan, ah, —dijo Lena con la intención de no hacer incómodo el silencio que había. Su voz era la más hermosa de la escuela, era suave y directa, aunque en esta ocasión sonó muy risueña.

—Sí, mi nombre es Dylan, pero me gusta que me digan Dya, —dije tratando de ser seguro, solo que tartamudeé. Lena volvió a ver a Liam e Isaí y soltó una risa.

—¿Todo bien?, —preguntó intrigada. "Puedes llamarme Ele", me dijo.

Noté la expresión de Liam e Isaí, como sacados de onda por lo que Ele me había dicho, así que solo le dije: "¿Puedo decirte 'chica'?", pregunté tratando de que Liam e Isaí me vieran menos enojados.

Lena accedió moviendo la cabeza y se fue. Qué linda era Lena. Por favor, que repita que quiere que sea el padre de sus hijos, lo necesito más que todo, regresar al momento donde nuestras miradas se toparon y jamás salir de aquel lugar tan profundo.

Cuando dije eso se me vino un poema que escuché en cualquier lado:

Tus ojos son como dos lagos tan profundos que temo que si me sumerjo, jamás salga a respirar...

Ya recordé dónde lo escuché, en la película de Los Trolls. Reí y me fui al salón de nuevo.

Capítulo 6.

Dylan:

Conocía mis pasos, sabía lo que haría.

—¡YA POR FAVOR! ¡SUÉLTAME! —Gritaba pidiendo mucha piedad.

—¿Soltarte? Sé hombre y pelea como deberías hacerlo, no grites como niña estúpida. ¿Acaso eres joto? ¡DÍMELO! —Explotó gritándome mientras me pegaba.

—No papá, no lo soy, ¡solo suéltame! ¡Por favor!

La mayoría de la gente tenía perspectivas erróneas de mi familia. Pensaban que éramos la familia perfecta de todo el mundo, que deberíamos salir en un programa de televisión. Mi papá se ponía nervioso cuando nos decían eso. Él sabía que, si era así, examinarían toda la casa y verían el cuarto de Kim lleno de sangre. Era donde él se desquitaba conmigo. Prefería mil veces que fuera conmigo y no con mis hermanos.

Mi mamá era la razón por la que seguía de pie, demostrándoles a mis hermanos que era fuerte. Los golpes en mis piernas, brazos, espalda eran semejantes a líneas del tiempo sin terminar. La verdadera belleza no la tenía en mi cuerpo, solo en la cara (modesto).

Siempre pensaba las cosas cuando iba a tener novia, o simplemente cuando me gustaba alguien. No podía dejar desapercibido que se molestaría conmigo. ¿Por qué? Ah, es una historia larga.

No tengo vicios en los que basarme. Siempre creí que los vicios eran lo más tonto que las personas podían hacer, especialmente cuando querían escapar de su realidad. Yo suelo escapar de mi realidad pintando mis uñas, vistiéndome de negro. El negro me hace sentir libre. También me tiño el cabello pensando que me hace diferente. No solo lo tiño de azul, sino de varios colores, pero mi favorito es el azul. También me gusta llorar cerca de la lluvia. Cuando salgo a la calle y está lloviendo, me tiro en el pasto de las cataratas y lloro lo más que puedo. Después le echo la culpa a la maravillosa lluvia.

A veces veo la naturaleza y siento que algo me conecta con ella. Tal vez sea la melodía que transmite, los hermosos colores, o simplemente porque me siento libre.

Cuando conocí a Lena, ella me hizo sentir una gran conexión. Siento que hablarle lo suficiente o invitarla por un café, un chocolate o un frappé, lo que ella quiera, me haría ver la desnudez de su alma. Eso sería mi más grande anhelo. Hablando de eso, me acordé de una canción de "BHR" que se llama "Linda". Debo escucharla.

No podía escucharla. Mi papá seguía golpeándome mientras estas palabras se mezclaban en mi mente. Debía ser fuerte, pero esto me lo impedía. Cuando mi papá terminó de golpearme, solo pude huir. Eso fue lo que más anhelé en ese momento.

Subí a mi habitación y, sin importar lo que pasara, conecté mis audífonos al celular y me los puse en los oídos al máximo de volumen. Puse "play" a la canción "Linda" y recordé a Lena, cómo nos conocimos, cómo entablamos conversación, cómo nos miramos.

Recordé que ella se le quedó viendo a mi pluma, la cual traía un logo que decía "Álbum para fracasar en el amor", sin duda era de uno de mis artistas favoritos, este artista no iba tanto en mis gustos, pero mi hermano lo ponía diario cuando se enamoró y también cuando le rompieron el corazón. Jaja, ja, ja, qué estúpido es.

Vi a Lena en la escuela, tan linda como ayer, solo que esta vez traía un chichón en su frente, se veía cómica pero perfecta a la vez. Quise entablar una conversación con ella, así que me acerqué.

—Hola, chica —le dije. Ella cerró su casillero y respondió:

—Hola, Dya —rio.

—Hoy te ves muy linda —dije con la voz temblorosa y mirándola enamorado. ¡CONTROLATE DYLAN!

—Jaja, gracias, tú luces muy guapo —dijo en tono burlón.

Llegaron los amigos de Lena y ya no pude seguir hablando con ella ni disculparme por el accidente que había sido culpa mía. Tal vez si no la hubiera asustado, todo sería diferente.

Debo acercarme a esa chica, sin importar lo que pase. Ahora ella es mi luna, mi sonrisa... y mi vida. Dios, solo tengo poco tiempo para hablarle, ¿cómo podría pasar esto?...

Siendo sincero, nunca había sentido esto por una chica. Cuando tenía 13 años, me enamoré de una chica que se llamaba Linda, sus ojos eran parecidos al sol, tenía labios del color de una fresa. Era la chica que me inspiraba a seguir adelante en la vida, sin retroceder, pero después de casi un año y dos meses, me dejó solo y triste, sin entender el mundo. Era mi estrella en la noche nublada, y ya no estaba más en este mundo. Pensar en la muerte de Linda me trae tanta tristeza. A veces solo la recuerdo, pero ya no puedo pensar en ella como debería hacerlo. Nunca olvidaré cómo murió, en mis brazos... no puedo soportarlo...

Linda me recuerda tanto a Lena, creo que por eso me gusta, solo no quiero equivocarme, quiero ser digno de ella y quiero que ella sea digna de mí.

Recordé una canción de Mon Laferte, "Funeral", hablando literalmente sobre Linda, ella me inspiró a ser grande.

Capítulo 7.

Lena Adrienne:

Me estaba enamorando cada día más de Dylan, pero había algo en él que me preocupaba. Sabía que algo estaba pasando en su mente. Pasamos mucho tiempo juntos y su sonrisa me hacía sentir protegida. Sus ojos eran como versos de un poema. Necesitaba alejarme de él, sabía que si me enamoraba, iba a doler.

—Oye, ¿por qué no has entrado a la clase de Filosofía? —preguntó Dylan. Me encantaba cuando me llamaba "oye".

—¿No te enteraste? —pregunté confundida.

—¿De qué? —preguntó con timidez.

—Tuve problemas con la maestra hace unas semanas, y no me deja entrar a sus clases. He intentado todo, pero es inútil. No sé qué pensará mi mamá después de que repruebe la materia. Estoy segura de eso —dije, mirando hacia abajo.

—Vaya, ¿por qué no me lo dijiste antes? —dijo sorprendido.

—La gente está demasiado pendiente de mi vida. Es como si quisiera entrar en una burbuja y que todos se alejen para que no puedan alcanzarme —dije tristemente—Es como si fuera una oruga. Quiero crecer, pero no es lo mismo que creer que puedo hacerlo. Si no me arriesgo, nunca podré volar —suspiré y continué—Me gusta que la gente esté pendiente de mí, pero me molesta que siempre lo comenten con todo el mundo y hasta hacen fiestas en mi honor, pero nunca me invitan —dije agotada.

¿Qué estoy haciendo? ¿Por qué le hablé a Dylan de mí? No, esto está mal. No es correcto lo que estoy haciendo. Si no le tengo la suficiente confianza a Liam para decirle esto, conociéndonos ya desde hace tiempo, mucho menos puedo contarle a Dylan. Aunque sé que estuve equivocada, sentí un gran alivio al poder expresar una vez en mi vida algo que me aturdía. Desde ahí supe que realmente debía alejarme de Dylan.

—Wow, ¿eso es lo que pasa por la mente de Lena Dankword? —dijo viendo alrededor de un árbol.

—Eso es lo que pasa por mi mente, y aún más cosas con las que no puedo lidiar sola. —dije—Suelo acompañar mis ideas a una libreta vieja, y con mi psicóloga. —Saqué un cigarrillo de mi mochila, seguí hablando mientras exhalaba humo—Bueno, a mi psicóloga no le tengo ni un poco de confianza. Realmente, siento que si alguien te quiere apoyar, tiene que ser gratis. No debes pagarle por ello. —dije algo enfadada al recordar a mi escritora mental—¿Tú qué dices, Dylan? —pregunté muy intrigada.

—Te entiendo perfectamente, Chica. Cuando estoy en casa, viendo por la ventana la hermosa luna, siento que algo nos conecta. —rio —Seguramente es algo que siento por la noche, por el día o simplemente porque es la naturaleza. —Me vio y puso cara interrogativa —¿Por qué fumas? El aroma es asqueroso. —Tosió.

—Lo he aprendido de mamá. Desde que perdimos a personas lo suficientemente importantes en nuestras vidas, ella lo hace. Pero tuve otra pérdida y lo saqué de ella. ¡Ah! Suele ser también mi mejor compañía. —Dije exhalando humo.

Le di otra calada al cigarrillo. Había abierto un poco mi corazón a Dylan. Esto me hacía sentir una chica negligente y estúpida, pero al mismo tiempo me hacía sentir libre y sin estímulos, mucho mejor que alguien no me juzgara por expresarme de esta manera.

—¿Quieres salir el sábado, Chica? —cambió el tema, buscando directamente mis ojos. Sentí tantos nervios que escupí el humo en su cara. ¡Dios mío, qué vergüenza!

—Estem, emmm, sí, claro, estaría genial. Gracias por la invitación. —dije tartamudeando. Él rio.

—¿Qué te parece a las 8:00? —dijo soltando una sonrisa y sus mejillas poniéndose color carmesí.

—¿Cómo? ¿Salimos de noche? —dije, todavía sorprendida.

—Oh,hh, vaya que sí, eso es lo más divertido, Chica. —dijo con una sonrisa contagiosa.

—Déjame pedir permiso porque es algo tarde, y nunca he salido con alguien. No sé qué piense mi mamá. —dije indecisa.

—Está bien, no te apresures, Chica. Tenemos todo el tiempo del mundo, solo tú y yo.

Cuando escuché el "Tú y Yo", sentí como si me salieran alas para poder volar, llevarlo conmigo a una nube y perdernos en las hermosas figuras. Él dijo que sentía conexión con la naturaleza, y yo amaba la naturaleza. Éramos hechos el uno para el otro, y aún no lo sabíamos. O él no lo sabía.

Recordé la canción "Wonderwall" de Oasis. Éramos Dylan y Lena, dos locos mirándose fijamente sin necesidad de que nuestros labios se tocaran. Estábamos enamorándonos y sentía que esto era mutuo.

33

Era como si las olas en mi estómago se juntaran con las hermosas mariposas de las que hablaba la gente, como si hubiera un gran torbellino de sentimientos. Eran sentimientos, y lo sé, porque no quería que este momento acabara nunca.

El timbre sonó y me hizo despertar de aquel mágico momento. Estaba completamente enamorada de Dylan. Ya no sentía los mismos sentimientos con Liam ni con Isai. Éramos Dylan y Lena, Lena y Dylan.

Capítulo 8.

Lena:

Basándome en la experiencia mutua que sentía libremente, pude notar que mi corazón le pertenecía a un chico que no conocía, que no me conocía, éramos literalmente dos extraños enamorándonos, sin necesidad de vernos todos los días ni de tener contacto físico.

—Maldición, he estado tan ocupada pensando en Dylan que olvidé hacer la tarea de literatura —dije con frustración.

—¿Pensando en el idiota de Dylan? —preguntó Liam confuso.

Demonios, a veces mis pensamientos son tan fuertes que los digo en voz alta, solo espero algún día poder acabar con esta confusión. He tenido problemas para expresar mis pensamientos, que en realidad son solo pensamientos.

—Maldición, Liam, no es un idiota, tú sí lo eres —dije bromeando—. Ah, sí, quedamos en hacer algo juntos —añadí con la voz temblorosa.

—¡Ah!, ya veo. ¿Le pediste permiso a tu mamá? —dijo algo serio fingiendo una sonrisa.

—Sí, le dije a mamá, pero ¿qué pasa contigo?, ¿no quieres que sea feliz? —respondí algo incómoda.

—Sí, claro —dijo disgustado haciendo una sonrisa demasiado falsa—. Hablando de esto, Lena, ¿quieres salir conmigo? —dijo tartamudeando.

La verdad es que quedé muy sorprendida al oír eso. Liam nunca me invitaba a salir. ¿Qué le pasaba? ¿Todo estaba bien? Por un momento, mi corazón dejó de latir completamente. Ahí supe que lo que sentía por Liam aún no había desaparecido. ¿Qué carajos me pasaba?

—Claro, me encantaría —dije con una sonrisa, haciendo notar mis hoyuelos—. ¿Nos ponemos de acuerdo? ¿Ya tienes algún día en mente? —pregunté, tratando de hacer la conversación menos incómoda.

—Sí, Lena, estoy pensando en el sábado. Quiero llevarte a un lugar especial para conectar como mejores amigos —dijo alegremente.

—¡Sí! Me parece perfecto el día —dije demasiado contenta, sentía como si un avión del amor me hubiera aplastado.

Así es, era rara, muy rara.

♥ ♥ ♥

Pasaron las horas demasiado rápido. Era viernes y me sentía maravillosa, pero de repente...

—Hola, chica, ¿estás lista para mañana? —El peliazul se presentó y me asustó.

—¿Mañana? ¿De qué hablas? —Traté de sonar normal, pero sabía que se refería al plan con Dylan.

—¿Lo has olvidado? —dijo con una expresión seria.

—Lo siento, creo que me distraje con otras cosas —respondí avergonzada.

—No te preocupes, no importa. Solo asegúrate de estar lista a las 8:00 —dijo mientras se alejaba con una actitud algo molesta.

Intenté recordar de qué hablaba, pero mi mente estaba en otra parte. Me sentía cegada por mis sentimientos hacia Liam.

56 mensajes y 23 llamadas pérdidas de mamá. Ay, no, ¿cómo no escuché el teléfono? ¡Qué tonta eres, Lena Dankword! Regresé la llamada para saber cuál era el problema, pero mamá no contestó. Lo tomé a la ligera y decidí ir a la sala a ver una película. Cuando escuché que tocaban la puerta con desesperación, me asusté mucho. Decidí asomarme por un pequeño hueco que había. Era un chico con una bolsa, ¿japonesa? Vi su cabello, era café, pero no alcanzaba a ver su rostro. Decidí abrir y ¡wow!

—¿Isaí? —dije impresionada.

—Hola,, Lena. —me dijo con los ojos hinchados, como si hubiera llorado y hubiera hecho una laguna completa con ellos.

—¿Estás bien? ¿Qué te pasó? —pregunté preocupada.

—¿Quieres comer esto? —ignoró completamente mis preguntas y me dijo con la voz entrecortada.

—¿No quieres pasar? —le pregunté. —Podemos comer aquí. No hay nadie en casa. Mi mamá y mi hermana están trabajando.

—Claro, si no es molestia. —me dijo como si estuviera apretando las ganas de no llorar.

Tenía tantas dudas en ese momento. ¿Cómo es que se supo mi dirección? ¿Por qué tenía la voz entrecortada? ¿Por qué sus ojos estaban tan hinchados? No podía decirle nada, sería más incómodo.

—Lena, antes que nada, no quiero que pienses que soy un acosador, ni tampoco un psicópata, pero no tengo a quién más acudir. Prometo que te explicaré todo. —dijo con su voz quebrándose por completo. —Necesito que lo que te voy a platicar quede entre nosotros. ¿Puede ser así? —dijo mirándome a los ojos, como si estuviera suplicando. Tenía miedo de que fuera algo malo. Di un suspiro y añadí:

—Te lo prometo. ¿Qué pasa?

—Es que ya no puedo fingir más que mi vida es perfecta. —dijo agachando la cabeza y jugando con sus dedos. Estaba a punto de romperse en sollozos. —No sé qué pasó con Liam. De la nada, dejó de hablarme como si hubiera hecho algo muy malo. No tengo ni idea de qué es lo que pasó. —volteó a verme con sus ojos cristalizados por completo. No resistió más y se soltó a llorar. —No puedo creer que papá nos haya abandonado, descubriendo que mi mamá siempre fue la amante, y ella no lo sabía. Conocía la gran mujer que era. ¿Por qué lo hizo? Cuando tuve a mi mejor amigo, lo perdí. Él y yo éramos inseparables. Teníamos una conexión. Al ver la indiferencia de Liam, me arde la garganta y quiero gritarle al mundo. —dijo tranquilizándose. Pero, aun así, sentía la nostalgia de que no podía ayudarlo.

Isaí, no tengo palabras para aconsejarte, pero realmente quiero que tomes en cuenta que estaré aquí, para apoyarte, sin importar la hora, el día, y lo más importante, como me encuentre yo. —Dije tratando de darle consuelo. Él agradeció con la cabeza y llevó de nuevo su mirada a sus dedos.

Ver a Isaí llorar me quebraba completamente. No sabía qué hacer, hasta que lo abracé. Sentí que eso le faltaba, lo abracé y su sollozo salió, y no paraba, no paraba. Perdí la noción del tiempo, ya era demasiado tarde, y mis manos se adormecían y también quería llorar, junto con él. Sentía que por primera vez el destino me estaba mandando a personas para que pudiera desahogarme.

Dylan e Isaí me hacían sentir especial, mientras que Liam me hacía sentir confundida.

Y aquí estaba Lena con su amor imposible, abrazándolo y dejando correr las horas. Solo quería que él se sintiera mejor, sin importar qué es lo que yo pensara, y al parecer no importó demasiado. No entendía por qué Liam lo ignoraba, me he dado cuenta de eso.

—Te dejo Lena, gracias por apoyarme sin siquiera decirme nada, —sonrío y pude notar sus hoyuelos, tan lindos y delicados.

—Siempre estaré para ti, Isa, te lo prometo, en verdad, de corazón, —dije alegremente y ahí opté por "Los pedazos de un corazón alegre". "Bienvenido al 'Los pedazos de un corazón alegre' de mi corazón alegre, Isa", dije con la sonrisa que jamás le había mostrado.

Tuve ganas de gritar de lo emocionada que estaba por haber convivido tanto con el chico de ojos grises. Al parecer, el destino sí me quería ver feliz.

Al revisar mi teléfono, noté que tenía 10 mensajes de Dylan. Amaba a este chico, pero ahora tenía tres corazones para mí, y no quería que ninguno saliera herido.

Dya ♥

Hola, chica. Parece tonto, pero te extraño. ¿Estás ahí? ¿En serio olvidaste lo de mañana? Te hago un recordatorio: una cita, tú y yo. Vamos, di que sí. Quiero que ambos conectemos con la luna. La luna es igual que tu nombre, ambas son perfectas. ¡Hey!

¡CARAJO! Lo olvidé por completo. ¿Ahora qué voy a hacer?

Capítulo 9.

Lena:

Es sábado 7 de julio a las 6:05 de la mañana y no he podido dormir desde aquellos mensajes de Dylan. Realmente lo había olvidado y, aunque me gusta, debía verlo de forma positiva. Tal vez sea una forma de acercarme emocionalmente a Liam. ¿Qué debo hacer? Siento un nudo en la garganta, no puedo llorar, es como si un torbellino de emociones negativas y de culpabilidad me lo impidieran. Casi son las 7:00 cuando escucho a mi madre decirle a mi hermana que se calle, parece que van a entrar a mi habitación. Puedo oír unos cuantos pasos. Automáticamente, cierro los ojos fingiendo estar dormida.

"Happy birthday to you,
Happy birthday to you,
Happy birthday,
Happy birthday,
Happy birthday to you".

Escuchar a mamá cantar era lo más fantástico del mundo, aunque su pronunciación no era perfecta, su voz era completamente dulce y simpática. Tenía la voz más bonita que había escuchado, y cuando cantaba, sentía tanta emoción y paz.

—¡Feliz cumpleaños, Lin! —dijo mamá con la sonrisa más grande y sincera del mundo.

—¡Feliz cumpleaños, hermana! —dijo mi hermana emocionada.

Realmente, verlas así, con la sonrisa más grande y sincera en sus rostros, me hizo olvidar lo que pasaba con Dylan y Liam. Tenía tiempo que no las veía tan felices después de la pérdida más grande de nuestras vidas.

—¡Gracias, Mami! ¡Gracias, Lou! —dije con alegría sincera que salía de lo más profundo de mí.

—Prepárate —dijo mamá—. Iremos a festejar tu cumpleaños. Me han dicho que quieren salir contigo esta noche. —Mamá dio una sonrisa sarcástica y burlona. De nuevo, mi torbellino de emociones.

Me arreglé. Al parecer, me veía muy bien. Me puse una minifalda verde con una blusa blanca y unos tenis blancos con algunas rayas verdes. Me maquillé un poco: un poco de corrector para mis ojeras, un delineado verde y un poco de brillo en los labios y puntitos en los cachetes y en la punta de mi nariz. Realmente, me sentía hermosa. ¡Qué digo hermosa, me sentía perfecta!

Salimos a desayunar una malteada de "Herbalife" con waffles nutritivos. Fue la primera vez, después de dos años, que me había sentido tan bien.

Después de todo, no era tan malo, ¿o sí?

—Vamos Lin, apúrate, quiero ver el vestido. —Dijo mamá gritando desesperada.

—¡Voy!, es que no me convence para nada. —Dije.

—A ver, veamos, modelalo, quiero verte. —agregó ansiosa.

—¡Mira! —Dije —¡Me veo patética madre! Se ve horrible. —Mentí para ver cuál era la reacción de mamá. Realmente era bonito.

—¿Acaso estás tonta? Ese vestido es maravilloso. —Dijo admirándolo con la textura de sus dedos.

Realmente era un vestido bonito, quedaba arriba de mis rodillas, no hacía que mis pechos se resaltaran demasiado, mis "curvas" resaltaban bien, y parecía que tenía pompis.

—Me gusta, llevémoslo. —Dije con una sonrisa de oreja a oreja.

—¿Lo usarás con Liam en la noche? —preguntó mamá en tono burlón.

—Tal vez. —Respondí evadiéndola.

Amaba a Liam, pero me hacía sentir muy confundida.

Capítulo 10.

Lena:

Llegué a casa muy entusiasmada. Me veía muy hermosa y, ¡carajo!, el tiempo se pasó rápido. Eran las 5:45 de la tarde y pronto llegaría Liam a verme. Por suerte, ya estaba maquillada, pero el tiempo pasaba más rápido que las olas del mar que tenía en mi estómago. Incluso intenté hacer otros maquillajes.

Las horas pasaron demasiado rápido y llegó la hora de ver a Liam. Todavía no podía decirle a Dylan lo que pasaba, así que solo decidí dejarlo en visto. A los pocos minutos, escuché el timbre.

—Ya llegó —dije, sintiéndome muy nerviosa. Mi piel se erizaba y mi cuerpo temblaba. Era algo que no podía controlar. Me acerqué a la puerta, pero aún no había terminado de arreglarme. Tenía nervios, pero debía abrir.

Estaba tan nerviosa que abrí la puerta dando un golpe con el pie, lo que hizo que sonara como si estuviera nerviosa ella misma. Abrí la puerta y me llevé una gran sorpresa.

—Hola, chica. ¿Cómo estás? —OMG, era Dylan. ¡Carajo!

—Eh, eh, ho... ¡Hola,! —dije tartamudeando.

—¿Estás lista? Te ves hermosa —pronunció Liam con los ojos maravillados. Realmente había olvidado que saldría con él al ver a Dylan, pero no podía dejar pasar esto.

—¡Un segundo!, ahora vuelvo. —Dije corriendo.

Realmente estaba confundida, Liam era atractivo, pero Dylan me hacía sentir mejores cosas.

Reaccioné cuando escuché vibrar mi celular con un mensaje de Liam "Ya voy para allá". Mi corazón se aceleró, pero debía llamarle, debía dejarle claro que saldría con alguien más, con... con Liam...

—¡Un segundo!, ahora vuelvo. —Dije corriendo.

—¡Hola, Lena! ¿Estás lista? Paso por ti en 10 minutos. —Dijo Liam entusiasmado.

—Emh, sí, solo quería avisarte que no vinieras. —Dije apenada.

—¿Qué? ¿Todo está bien? —se oyó preocupado.

—Sí, solo que olvidé que tenía otro compromiso —balbuceé—. ¿Lo posponemos para mañana?

—Oh,, vaya. No te preocupes, hasta luego. —Colgó molesto.

En verdad no entendía nada de Liam. Estaba feliz, luego molesto, luego enojado. Hablar o entender a Liam era más difícil que ir a París.

Pude notar que era tarde, de hecho, muy tarde. Había hecho esperar a Dylan 30 minutos. ¡Carajo! Soy muy mala.

Pero valió la pena la espera. Cuando salí de mi habitación, pude ver su rostro iluminado con su hermosa sonrisa perfecta, haciendo notar sus hoyuelos y el resplandor de sus ojos. Era

45

como ver a un niño emocionado por ver su peluche más preciado.

—¿Nos vamos? —dije con la voz firme y demasiado entusiasmada.

—Vámonos, chica. —dijo con la sonrisa más hermosa que había visto.

Y ahí estaba, mi torbellino de emociones sin sentido alguno.

Dylan:

No entendía qué era lo que pasaba por la mente de Lena, pero sabía que ella era una chica solitaria después de la escuela. Cabe aclarar que no era un acosador. Cualquier persona que me hubiera visto así lo pensaría, pero no, no soy un acosador. Simplemente, me gusta investigar a las personas.

Recuerdo que cuando la invité a salir estaba nervioso y sudaba de las manos, pero me atreví.

—Hola, chica, ¿quieres salir este sábado? —Dije entusiasmado.

—¡Sí! —Respondió feliz.

Bueno, al menos esa conversación la recuerdo así. Yo sabía que Lena cumplía 17 años, y era lindo verla crecer. Es mentira, no la había visto crecer, soy un completo desconocido, solo que pasa algo raro cada vez que me acerco a ella. No sé qué es exactamente.

¿Por qué tarda tanto? ¿Ya la aburrí? ¿Estaré esperando tontamente? Creo que es mejor que me vaya.

Valió la pena esperarla. Cuando la vi, estaba reluciendo perfectamente. Tenía los ojos más hermosos.

—¿Nos vamos? —Preguntó. Pude notar que estaba muy entusiasmada y su voz sonó muy firme.

—Vámonos, Chica. —Dije con una sonrisa, tratando de relajar mi nerviosismo.

Salimos de su casa y me preguntaba a dónde la llevaría. Solo quería conocerla, caminar sin sentido alguno. Veía mi futuro en esos momentos con ella.

—¿A dónde iremos, Dya? —Preguntó asustada.

—¿Confías en mí? —Dije, tratando de hacer que entrara en confianza.

—¿Es posible hacerlo? —Dijo retrocediendo.

La agarré de la mano y traté de darle protección, aunque no sabía a dónde iríamos. Solo dejaría que mi mente empezara a funcionar para pensar dónde llevarla.

—Solo confía. Prometo que no te arrepentirás. —Dije mientras la tomaba de la mano.

Pude notar en los ojos de la chica que desconfiaba, no era algo que pudiera pasar desapercibido. Pensé en llevarla al lugar donde suelo ir a llorar con la excusa de la lluvia, era un lugar hermoso.

—¡Vamos, casi llegamos! —dije muy feliz. Sería la primera chica a la que le mostraría este lugar tan especial.

—¡Voy! —gritó en tono cansado. —Ya no siento mis piernas. Me rindo, ya no puedo. —dijo con la voz demasiado cansada.

—Te ayudo. —La cargué, poniendo sus pies sobre mi mano derecha y su cabeza en mi mano izquierda.

—¡Que me bajes! —gritaba.

—Espera un poco más. —dije feliz. Después de media hora grité: —¡Llegamos!

—¿Qué es este lugar? —dijo disgustada.

—¿No te gusta? —pregunté.

—¡Es rústico! Es obvio que me encanta. —dijo soltando un grito y un leve brinco. Por un momento mi corazón dejó de latir.

—¿En verdad te gusta? —pregunté.

—Sí, es fantástico.

—Ahora ven. —dije tomándola de la mano y corriendo como si hubiera algo demasiado importante que quisiera enseñarle.

—Ah, no, eso sí que no. ¿Estás idiota? —dijo.

—Auch, un golpe me hubiera dolido menos. —dije indignado. —Vamos, ven. —rogué.

—Se va a romper mi vestido. —dijo preocupada.

—No pasa nada, ven. —insistí.

La tomé de la mano para ayudarla a subir las rocas, casi se caía y se hizo un pequeño raspón. Cuando llegamos arriba, no tuvo ni tiempo de quejarse, se quedó admirando cada uno de los lugares, se veía tan perfecta.

—¡Carajo!, ¡Qué hermoso es esto! —dijo sin dejar de admirar el lugar.

Ella vivía aquí, era un pueblo mágico, ¿cómo es que no sabía de este lugar? Era perfecto, no tanto como ella, pero lo era.

—Es lo más hermoso que he visto en toda mi vida. —dijo con la voz más suave y delicada que tenía. —No quiero irme de aquí, no me lleves a casa. —suplicó.

—¡Lena Adrienne Dankword! Bienvenida a mi mundo excelso.

Capítulo 11.

Lena:

No podía confiar en alguien que no conocía en absoluto, aunque la escuela nos había hecho tener una conexión, no había confianza. Reaccioné cuando él dijo: "¡Llegamos!" Había una gran pared de piedra, nada emocionante, excepto que se veía que las flores estaban floreciendo. Insistió en que subiéramos por la pared, después de un rato accedí, aunque me hice una cortada en el pie durante la subida. Me quejaba mientras subíamos, pero cuando llegamos, todo era maravilloso. Era como si estuviera en un lugar mágico que solo existe en cuentos infantiles.

El lugar estaba lleno de flores rosas, azules, moradas y blancas. En el horizonte había una cascada extremadamente hermosa. Se podía ver el esplendor de la luna. Los árboles tenían forma de mariposas y estaban rodeados de hermosas libélulas. El color del lugar era exageradamente llamativo pero perfecto. Aunque había un área que me llamó mucho la atención, era un lugar triste y sin tanto color, pero ese lugar era aún más hermoso.

Saqué un cigarrillo de mi bolso.

—¿Qué haces, chica? —dijo como si no fuera obvio.

—Voy a fumar, ¿no lo ves? —dije sarcástica.

—Oh,, no pensé que irías corriendo a la catarata a bañarte —dijo respondiendo con sarcasmo.

—¿Se puede hacer eso? —pregunté mientras daba una calada al cigarrillo.

—No lo sé, tú y yo estamos solos aquí, dudo que no se pueda —dijo sonriendo.

Cuando estaba a punto de terminar el cigarrillo, Dylan me lo quitó de la mano. Pensé que lo rompería o algo, pero no lo hizo.

—¡Devuélvemelo! —farfullé molesta.

—No lo sé —respondió mientras daba una calada—. ¿Te he dicho que odio los vicios? —dijo burlándose.

—¿Y por qué estás fumando ahora mismo? —pregunté molesta.

—Porque veo que lo haces, y eso me hace querer fumar —bromeó. Sarcasmo por dentro.

—Es el único que tengo —dije a punto de llorar.

—Lo sé, por eso lo fumo —bromeó.

—Eres raro —dije volteando a ver la cascada.

—Y tú eres perfecta —me dijo mientras miraba al cielo estrellado.

Estaba tan nerviosa que lo único que se me ocurrió para evitar que me viera sonrojada fue bajarme de aquellas rocas corriendo. Casi me caigo, pero valió la pena.

—¡Espérame! —gritó fuerte.

—¡Alcánzame! —grité mientras corría.

Llegué a un lugar donde había un hermoso y suave pasto. Decidí acostarme y puse mi chamarra de cuero como cobija. Dylan llegó pronto, nos acostamos en el pasto y estuvimos viendo las estrellas en silencio durante un buen rato, un silencio nada incómodo. Dylan puso su música y pude escuchar que puso la canción "Un día contigo" de BERH.

—¡Oh, por Dios, ¿te gusta BERH?!, —pregunté sentándome y mirándolo a él.

—Me encanta BERH, es mi cantante favorito —dijo feliz, no parecía de sus gustos.

—Woooow, con Liam lo escuchamos muchísimo, así es como nos conectamos emocionalmente —dije, sintiéndome orgullosa.

—Esto nos conecta. ¿Ves? —dijo sarcástico, y le di un leve puñetazo.

—¿Cómo lo conociste? —pregunté, pero creo que esa pregunta no le agradó. Hubo un silencio incómodo mientras la música seguía.

—Por mi hermano, al idiota le rompieron el corazón y se quedó fascinado con este chico —dijo mientras miraba la luna.

—¿Y a ti nunca te han roto el corazón? —pregunté burlona, pero él se quedó serio.

—No sé si decir que me rompieron el corazón —dijo, sin dejar de mirar la luna.

—¿Por qué dices eso? —pregunté intrigada.

—Hace unos años murió mi novia, desde entonces no me he enamorado. No sé si fue que me rompiera el corazón o fue otro factor —dijo sin bajar la mirada, su mandíbula tensa y sus puños cerrados. Parecía ser algo que no podía superar. Inhalé antes de decir algo para intentar que se abriera conmigo.

—Te entiendo, si quieres puedo ser tu almohada, quiero que sepas que estaré contigo sin importar lo que pase —lo abracé. Antes de decir algo más, inhalé profundamente y dije:

—Mi papá murió por mi culpa —miré al cielo estrellado.

—¿Por qué dices eso, chica? —ya era algo incómodo que me llamara así. Soltó el abrazo que teníamos, movió mi flequillo y tocó mi mejilla, tratando de consolarme.

—Si tan solo pudiera decirle cuánto lo amo, sin necesidad de haberme enojado con él, con la certeza de volver a verlo —quise llorar, pero solo suspiré y continué—. Mi papá era piloto, era uno de los mejores, tenía el puesto del mejor empleado del mes, siempre me consentía sin necesidad de pedírselo, y no importaba si estaba enojada con él. Esa noche discutí con él por algo tan estúpido, no pude contener las ganas y le grité un... —No podía hablar, no podía recordarlo, sabía que lloraría enfrente de Dylan, y no era correcto.

—¿Qué le gritaste? —dijo tratando de sonar tranquilo. No pude contenerme y empecé a llorar con demasiada profundidad.

—¡Le grité que era un hijo de perra, que no quería saber de su existencia, que hubiera sido mejor que se muriera, que al menos estaría mejor sin él! —Le dije cosas aún más dolorosas, pero no podía decírselas a Dya todavía, era absurdo.

—Cuando me encerré en mi habitación solo escuché un "Yo siempre te amaré mi Ele". Era tanto mi enojo que le respondí. "Ojalá te mueras en tu próximo viaje". —Traté de tranquilizar mi voz entrecortada. —Al día siguiente desperté y no había nadie, mi familia estaba fuera, no era importante para mí, el teléfono lo había dejado en la sala, cuando lo tomé tenía 3 mensajes de mi papá. 1. "Siempre te amaré mi Ele", 2.

"¿Estarás bien con tu mamá y hermana?", 3. "Siempre serás mi pequeñita". Aun en mi coraje no decidí contestarle. Mamá y Lou llegaron después de 1 hora, estaban vestidas de negro, y desde ahí supe lo que había pasado... —No pude contener mis lágrimas ante la última oración. Lloré.

—Tal vez soy un completo desconocido. —Pronunció con una voz suave. —Pero quiero que sepas que siempre podrás contar conmigo, aunque no nos conozcamos bien, quiero ser tu lugar seguro, aun sin necesidad de que me cuentes todo con el mínimo detalle. Suena estúpido, pero quiero que pueda ser tu "razón para seguir adelante".

Pude sentir cómo me abrazó con tanta fuerza, me dijo algo en el oído que no alcancé a escuchar. Desde ahí supe que estaba locamente enamorada de Dylan, no de Isaí, ni de Liam, sino de Dylan, un chico que acababa de conocer. Era irónico, y yo era patética.

Capítulo 12.

Dylan:

El tiempo que pasé con Lena fue extraordinario. Sentí una gran emoción y conexión con ella al conectar de la manera más linda con la música. Nuestra conexión fue gracias al cantante BERH. No lo conozco en persona, pero gracias por existir. Gracias por hacerme la vida más feliz, gracias por brindarme el honor de enamorarme de nuevo.

Aunque Lena aún tenía muchos problemas emocionales personales, quería ayudarla. Ella y yo pensábamos que lo más idiota del ser humano era pagarle a alguien que quiere "ayudarte".

Desperté con mucho entusiasmo. Me sentí libre al enseñarle a Lena uno de mis tantos lugares favoritos. Estaba listo para enseñarle todos los lugares, a excepción de uno. Era una casa vieja e importante para mí.

—¿Entonces a las 5:00?

—Mierda, ¿es muy temprano, no crees? —Dije bromeando.

—Es la hora perfecta para que me dejen salir. —Dijo sosteniendo sus libros sobre su pecho.

—¿Y si nos proponemos algo? —Dije con la sonrisa más linda.

—No, no estoy lista para casarme, no, para nada, nada de eso, ¿ok? —Dijo sarcásticamente.

—¿Entonces ya no saco el anillo? —Bromeé e hice una mueca de tristeza con sarcasmo.

—Jaja, ¿qué propones, Dya? —Dijo evadiéndome completamente.

—¡Ay!, por Dios, dime de otra manera, chica. —Dije disgustado por el apodo.

—¿Cómo quieres que te diga entonces? No evadas mi pregunta anterior. —Dijo con una sonrisa casi notoria.

—Dime "mi amor", yo qué sé. —Reí.

—Propongo que hoy salgamos a la hora que dijiste, pero tendrás que pedir permiso para que yo te recoja mañana antes de entrar a la escuela, para estar 2 horas exactas. Quiero llevarte a conocer un lugar.

—Jaja, ok, ok, hoy a las 5:00 y luego pediré permiso, mi amor. —Rio aún más cuando notó que me puse rojo.

—¡Hola, Lena! Te he estado buscando toda la mañana, ¿dónde has estado? —Dijo Liam, evadiendo completamente mi presencia, poniéndose enfrente de Lena y dándome completamente la espalda. Sentí que alguien me jaló.

—¡Hola, Dylan! Ya me conoces, es obvio. —Dijo Isaí. Luego siguió: —Quiero decirte que Lena es completamente libre, Liam anda con Jazz, es tu oportunidad para decirle a Lena lo que sientes, no seas idiota.

—¿Por qué me dices esto? ¿No se supone que Liam y tú son "mejores amigos"? —Pregunté.

—Solíamos serlo, pero ahora no me dirige la palabra. Prometo apoyarte en todo lo que decidas con Lena, solo necesito que me hagas un favor. —Me dijo con los ojos dilatados.

—¿Por qué ya no te habla? ¿En qué puedo ayudarte? —Pregunté.

—¿Conoces a Rebeca?

—¿Es en serio tu pregunta? —Era obvio, es la porrista número uno de los jugadores de Lacrosse.

—Es obvio que la conoces, ¿podrías conseguirme una cita con ella? —¿Qué?, no inventes Isaí, hazlo tú. —dije molesto.

—Dylan, es supernotorio que quieres con la chica ojigris.

—Lo sé, pero solo quiero que las cosas se den, sin necesidad de obligarla.

—Jared, ¿cierto? —dijo Isaí ingenuo.

—¿Co.. cómo lo sabes? —tartamudeé.

—Lo leí en tu expediente de la escuela. —Rio.

—Patético.

—Lo soy. —respondió. —¿Entonces?

—Ok, acepto, solo que…

—¿Solo que qué?

—¿Por qué Rebeca Zea? Hay mejores, ¿te has fijado en Violeta Dening?

—Es linda, solo que quiere andar con Liam, y eso que es notorio JAJA.

—Voy.

Caminé a la dirección donde se encontraba Rebeca. Era patético lo que haría.

Cuando estaba a nada de llegar, escuché un —Es Dylan, cállense—. ¿Qué carajo?

—Hola, Rebeca, oye quería saber si… —no alcancé a terminar aquella oración, ella se lanzó sobre mí y me besó, ¡en los labios!

—Eres lindo.

Muchas personas estaban presenciando aquella escena sin sentido, entre ellas, Lena, Liam e Isaí. ¡Carajo!

—¿Qué mierda hiciste? —Me alejé de ella rápidamente y frotaba mis labios para que vieran que me había dado asco. —Eres una maldita perra, tengo novia y está presenciando esto.

—Pe.. perd...

—¡No, mierda! No digas ni una puta palabra.

Me fui tan molesto de ahí, intentando buscar a Lena o tal vez a Isaí, pero a ninguno encontré. Rebeca era una maldita perra.

Pensaba, en todo, en Lena. ¿Estaría molesta?

Me sentía como una mierda, una mierda muy asquerosa.

Fue inútil buscarlos, a ninguno encontré.

Capítulo 13.

Lena:

Lo que pasó ayer aún no podía superarlo. Me molestaba el hecho de que Dylan se hubiera besado con la porrista número uno. Estaba aún más molesta conmigo misma porque estar con Dylan era cada vez más fácil y cómodo. Aunque le había mentido a Liam acerca de Dylan y yo, parecía que cada vez esto se hacía más realidad. ¡Maldita frustración! — Dije.

La confianza que sentía con Dylan me hacía sentir especial y única. La libreta de mi tatarabuelo comenzaba a tener sentido, y ahora escribía cosas de parte de "Los pedazos de un corazón alegre". Todos los pedazos de mi corazón se volvían alegría. Lo de papá lo estaba superando con la ayuda de Dylan.

— ¿Estás lista? — Dijo Dylan con la voz suave y maravillosa de siempre.

— Antes que todo... — Dije. — ¿Me explicarás qué es lo que pasó ayer con Rebeca? — Estaba realmente molesta.

— Quería conseguirle una cita a Isaí con ella. — Respiró hondo. — Pero es una maldita perra y se me lanzó.

— ¡Mierda, Dylan! — Agregué. — No quiero saber cómo te expresas de mí entonces.

— No, Lena, tú eres diferente. De todas las personas que conozco, tú eres la única. — Agregó. — Entonces, ¿estás lista o no? — Con un poco de enojo respondí.

— Sí, lo estoy. — Dije con seguridad.

Él me quitó la venda y gritó.

— ¡Chica, bienvenida al lugar más hermoso del pueblo! — Dijo con la sonrisa más hermosa que jamás había visto.

¡El paisaje era hermoso! El sol se veía detrás de los cerros y bañaba los campos, los hacía dorados. Su paso era fuerte y reconfortante. Lo más asombroso es que estaba amaneciendo apenas, y se veía la luz del sol reflejándose totalmente. No podía quitar la vista de aquel mágico lugar. Era aún más hermoso que la cascada. Era como si estuviera bañándose de luz aquellas montañas. Estaba enamorada de un lugar, y lo mejor es que ese lugar era parte de Dylan.

La sonrisa más hermosa pude verla en Dylan, y mierda, sonreí lo más bonito que pude. Dylan me volteó a ver como si estuviera admirando algo.

— ¡Qué hermoso lugar! — Dije tratando de no hacer notar mis mejillas sonrojadas.

— ¡Hermosa eres tú, Ele! — Dijo buscando mis ojos que se dilataban con el ritmo del aire.

Estar con Dylan me hacía sentir demasiado diferente, como si sacara el lado más cursi y tierno de mí. Debí molestarme porque me llamó "Ele", pero no fue así. El que me llamara "Ele" sentía como si él tuviera todo el derecho del mundo. No acostumbraba a que me llamaran así, por... mi papá.

—Lena. —Dijo mientras se acercaba para abrazarme. —Quiero que sepas que podrás contar conmigo en todo momento. —Me abrazó sinceramente. —No importa tu pasado, solo quiero que vivas tu presente, sea o no sea conmigo, ¿está bien?

—¿Qué intentas decir, Dylan? —Dije mientras lo alejaba de mis brazos.

—Solo quiero decir que mi familia viaja mucho, y realmente nos iremos por 2 semanas a Miami. —Dijo tratando de sonreír.

—¿Te irás? —Dije mientras me alejaba más de él.

—Me iré, pero solo serán por 14 días. —Dijo tratando de abrazarme.

—Eso es mucho tiempo. —Dije mientras evadía sus brazos.

—Quiero decirte algo, ven. —Dijo jalando mi mano hacia un árbol. —¿Ves este árbol?

—Sí. —Respondí. —Es más que obvio.

—Cuando me necesites, ven a este lugar, toma este tronco y mira las montañas, con el sol o la luna. —Dijo mostrándome la silueta del tronco.

Era verdad, la luz del día se veía preciosa, y no podías evitar decirle que no.

—¿Por qué esto parece una despedida? —Pregunté asustada.

—No es una despedida, mi niña. —Respondió. —Solo quiero que te sientas segura aunque no esté contigo.

—¿Cuándo te irás? —Pregunté. Estaba realmente asustada, me había acostumbrado tanto a su voz, a su piel, a su vida.

—Hoy, en la tarde. —Respondió.

—¿Y iremos a la escuela? —Pregunté confundida.

—Sí, pediste permiso para venir a esta hora, ¿o no es así? —Dijo intrigado. Lo abracé.

—¿Y si no vamos a la escuela? —Dije mientras lo abrazaba. Él quitó sus brazos sobre los míos y me vio a los ojos.

—¿Estás segura? —Preguntó. —¿No bajarán tus notas? —Hizo otra pregunta.

—Sí, estoy segura. —Respondí a la primera pregunta. —No soy de notas altas. —Dije bajando la cabeza.

—Eso no es lo que dice la maestra de literatura. —Me miró mientras arqueaba sus cejas. —Por cierto, ¿ya hiciste el poema? —Dijo con ojos retadores.

—¡Carajo, lo he olvidado! —Respondí.

—Jaja, ja, ja, no te preocupes, si quieres puedo ayudarte a escribirlo, ambos lo escribiremos y quiero que ese sea nuestro "Para siempre".

¿Por qué había dicho que ese sería nuestro para siempre? ¿Se está despidiendo? Literalmente, siento que esto me hiere al escucharlo, siento que es como si nunca fuera a regresar, es como si un torbellino de emociones apuntara a todo mi cuerpo sin necesidad de sentir el aire recio.

—¿Por qué quieres marcar nuestro "Para siempre"? —pregunté, molesta y triste a la vez, mientras me alejaba unos centímetros de su cálido cuerpo.

—No quiero que malinterpretes todo. No me iré. Ahora que tengo razones para vivir, quiero que estés conmigo eternamente. Y si no lo estás, es porque aún no ha llegado la eternidad. —trató de acercarse a mí, pero no lo dejé.

—Estás siendo completamente egoísta. Yo solo quiero que te quedes. No quiero que te pase nada. Quiero disfrutar este momento y, cuando lleguemos al final, quiero marcar mi "Para siempre" contigo. —dije, frustrada.

Lo que Dylan no sabía, ni Liam y mucho menos Isaí, era que yo había enloquecido completamente. La razón es que, gracias a una de mis muchas desgracias, había traído consecuencias. Tenía una gran mierda de vida, y tenía tanto miedo de decírselo a Dylan.

—¿Podemos estar juntos toda la mañana? —pregunté mientras tocaba mis hombros y me sentaba debajo del árbol que me había señalado Dylan.

—¿Quieres quedarte aquí o quieres ir a otro lugar? —dijo mientras se sentaba a un lado de mí y volteaba a ver el horizonte conmigo. Él no lo sabía, pero yo lo estaba mirando, y ahí me di cuenta de que Dylan pertenecía totalmente a los pedazos de mi corazón alegre.

—Quiero que me lleves a conocer los lugares que te gustan del pueblo. ¿Puedes? —pregunté mientras sacaba un cigarrillo de mi mochila.

—Claro, vamos. Pero por Dios, apaga el estúpido cigarro, Ele. —bromeó.

—Si me lo quitas, sí. —reímos.

Mi lugar más feliz era Dylan Jared Lombardi.

—Vámonos. Nos espera una gran mañana, Ele. —dijo mientras me sonreía.

♥♥♥

Necesitaba aclarar mi mente, pero no quería desperdiciar el tiempo estando con Dylan.

Dylan es el típico chico que suele ser muy rudo, enojón, engreído, egocéntrico e incluso pendenciero, pero él era realmente alguien diferente, tenía el corazón enorme, y no importaba qué tan áspero parecía, era imperfectamente perfecto. Dylan tenía tantas cosas y dolores en el corazón.

Reaccioné de mis pensamientos cuando él gritó:

—¡Bienvenida a la casa de los pedazos de un corazón roto! —Dijo extendiendo sus manos.

La casa era de madera, tenía luces LED de pilas, había un pequeño lugar donde se encontraban instrumentos musicales muy llamativos y limpios, las cortinas eran floreadas y se podía ver la luz del día reflejada en el interior. Había una mesa redonda con seis sillas, en medio de la mesa había flores y una jarra de agua. El agua parecía que ya llevaba tiempo allí.

—¡Qué lugar tan bonito! —Realmente me había impresionado bastante, por fuera se veía una casa vieja solo de madera, pero por dentro era todo lo contrario. —¿Por qué este lugar es parte de los lugares que quieres que conozca? —pregunté.

—Quiero que conozcas el lugar donde me han destrozado totalmente el corazón. —Dijo manteniendo sus ojos firmes en los míos.

Los pedazos de un corazón roto

—¿Dónde te han roto el corazón? —Pregunté ingenuamente.

—Me había jurado que no enseñaría este lugar a nadie, porque ha sido demasiado complicado decir qué es lo que pasa conmigo. —Dijo mientras tomaba dos vasos de un pequeño mueble.

—¿Aquí murió...? —Tragué saliva y mi respiración iba entrecortada— ¿tu chica? —Dije, agachando la mirada.

—Su nombre era Linda. —¡Mierda! Suena tanto a Lena... —dijo con los vasos en las manos— Aquí murió Linda, aquí murió mi vida entera, aquí murieron mis sueños. —Dijo mientras tomaba una jarra de agua— Quería poder estar bien en algún punto de mi vida, pero esto no es algo que quisiera que pasara, pero a veces el destino es tan idiota. —Dijo estirándome el vaso para que lo tomara.

—Sí. Entiendo perfectamente. —Dije mientras recibía uno de los vasos.

—Solo una casa vieja. —Dijo mientras tomaba agua— Me gusta llamar este lugar "Los pedazos de mi corazón roto". —Agregó tratando de no llorar.

—Le has dado buen mantenimiento, me gusta ver que está alumbrada la casa con luces LED, e incluso las cortinas están limpias. —Dije quitando el espacio silencioso que había— Puede que te hayan roto el corazón aquí, Dili, pero quiero que sepas que mi corazón te pertenecerá totalmente, sin importar qué es lo que suceda, o tal vez el tiempo que dejemos de vernos. —Dije mientras tomaba sus manos— Nosotros haremos de este lugar "Los pedazos de un corazón alegre". —Dije mientras lo abrazaba— Nos sanaremos mutuamente, las heridas de nuestro corazón, o como te gusta decir, las heridas de nuestro corazón roto.

Realmente decir eso fue como si un gran peso cayera de mis hombros, lo único que importó en ese momento fue sentir los brazos de Dylan y que su cabeza se recargara en mi hombro.

—Tú también tienes muchos secretos, Lena, pero jamás te obligaré a decírmelos. Cuando no estés lista, yo seré todo oídos para ti. —Dijo mientras interrumpía el abrazo que teníamos y me miraba a los ojos.

—¿Cómo lo sabes? —Respondí ante eso. Ignoró totalmente mi pregunta.

—¿Quieres escuchar algunos de mis gustos musicales?

—Me encantaría. Si se trata de conocerte más, esto sería increíble.

—¡Vamos, chica! ¡Corre! —Dijo mientras tomaba mi mano para salir de aquella casa llamada "Los pedazos de un corazón alegre", o al menos quería llamarlo así.

—Chica, te presento la repisa de mis discos favoritos —dijo Dylan con una sonrisa que dejaba ver sus hoyuelos.

Me explicó que el hombre que estaba allí era su amigo, y me mostró una repisa llena de álbumes de cantantes en inglés, muchos de ellos anteriores al año 2000. Aunque no me gustaba tanto la música en inglés, me sentí afortunada de tenerlo a mi lado, hablando entusiasmado sobre sus grupos favoritos.

—Mira, estos son "The Cure", originarios del colegio "Crawley". Y estos son "The Smiths", una banda de rock de Manchester, Inglaterra. Michael Jackson fue un cantante y bailarín estadounidense, y David Bowie fue un cantante polifacético...

Me molestó un poco que no se callara ni un segundo, pero me contentó verlo tan feliz hablando de lo que le gustaba. Finalmente, señaló un álbum y dijo:

—Y este es Oasis.

—¡A ese sí lo conozco! —exclamé con orgullo—. Es el que canta "Wonderwall". Papá me contó que esa fue la primera canción que le mostró a mamá, y mi bisabuelo tenía la portada de esa canción en la primera página de su libro. Hablar de mi padre me resultó fácil, como si fuera algo normal.

—¡Genial! Eso nos conecta, Lena. ¿Te das cuenta? —dijo Dylan mientras sonreía.

—Eso nos conecta lo suficiente, Dili —respondí con voz burlona pero suave.

—Dejé lo mejor para el último —dijo Dylan como si me fuera a mostrar algo realmente importante—. Lena Adrienne Dankworth, te presento a "The Fray".

La portada de ese disco realmente me impresionó, era lo más bonito que había visto en mi vida. Sin duda, el gusto de Dylan era muy diferente al mío.

En la repisa pude ver también un disco demasiado llamativo, y supe al instante que se trataba de "Twenty One Pilots". Yo era más de música en español, así que no conocía a los cantantes que me mostraba Dylan.

—¡Mierda! Ya son las 11 —exclamó Dylan agarrándose el cabello—. Debemos irnos.

—Aún faltan dos horas para que termine la escuela —dije con voz tranquila.

—¿En serio? —preguntó Dylan sorprendido.

—Sí, ¿está todo bien? —pregunté confundida.

—Sí, está todo bien —respondió Dylan con una leve sonrisa.

Eso me hizo preocuparme lo suficiente como para dudar de todo.

Capítulo 14.

Lena:

Realmente, durante ese lapso de tiempo, hubo un gran silencio incómodo. Dylan no se molestó en decirme qué pasaba o arreglar el silencio, solo evadía la vista como si no le importara lo que sentía. Sabía que debía despedirme de él, pero sentía que no tenía mucho sentido quedarme con él, ya que sus padres viajaban y siempre sería así.

En esos momentos recordé la canción de BEHR, "No era mi hogar".

—Bueno, chica, es hora de irme —dijo mientras hacía una risa entrecortada.

—Está bien, cuídate —le contesté, haciendo notar que estaba triste.

Él cruzó la calle después de dejarme en el zaguán del colegio.

—Solo recuérdame —grité mientras casi cruzaba la calle.

—¡Te amo, Lena Dankworth! —gritó al punto que todos me voltearon a ver, incluyendo a Isaí y Liam.

¿Qué carajo? ¿Por qué me dijo "te amo"? ¿Realmente lo sentía? Estaba demasiado confundida, sabía que yo también lo amaba, pero sentí la presión de las personas, así que solo le respondí: "Jódete, Dili". Él y yo sabíamos lo que significaba.

—¿Es en serio, Lena? —oí la voz de Liam enojado.

—¿En serio qué? —dije, viendo partir a Dylan.

—¿Ese idiota? —dijo mientras me jaloneaba para que lo viera.

—Liam, me estás lastimando, suéltame —dije tratando de no hacer escándalo.

—Déjala, Liam —dijo Isaí mientras tomaba su hombro.

—¿Qué pasa por tu estúpida cabeza, Lena? —me gritó haciéndome llamar la atención de los estudiantes.

—¡Mierda! ¡Suéltame, imbécil! ¿Tus padres acaso no te han dado educación? —dije tratando de soltarme.

—¿A ti no te han enseñado que no debes andar con desconocidos? —dijo molesto. —Ah, que no tienes papá y que tu mamá es una maldita drogadicta y fumadora —agregó en tono burlón.

—¡Cállate el maldito hocico, Liam! —grité molesta.

¡Vámonos! —escuché decir a Sam.

—Tienes razón en todo lo que has dicho, pero conozco lo suficiente a Dylan como para saber más de él que tú de Jazmín —dije tratando de mantener mi voz firme y haciendo notar que no me dolió. —¿Ya le dijiste qué pasa con nosotras dos?

—¿De qué carajo hablas, Lena? —dijo Jazmín con voz cursi.

—¡Deja de hablar como una maldita retrasada, te oyes demasiado patética! —grité. —Tu noviecita tiene el apellido Dankworth, ¿sabes por qué? ¡Es mi estúpida hermana! ¿Sabes lo que es lidiar con que me haya hecho bullying toda mi vida?

—Te extraño también, Lena —oí la voz de Dylan desde abajo.

Miré hacia abajo y ahí estaba él, con una sonrisa en el rostro y los brazos abiertos. Descendí del árbol lo más rápido que pude y corrí hacia él, sintiendo sus brazos rodeándome y su corazón latiendo fuerte.

—No quiero perderte, Dili —dije sollozando.

—No vas a perderme, Lena. Siempre estaré aquí para ti, pase lo que pase —dijo mientras me acariciaba el cabello.

Me sentí segura en sus brazos y supe que, aunque todo pareciera estar en contra nuestra, él siempre estaría allí para protegerme y amarme.

Capítulo 15.

Dylan:

Decirle adiós a Lena fue lo más duro. Estaba completamente enamorado de ella. Tenía tanto miedo de que se enamorara de Liam o de Isaí en estos 14 días. Era lo peor.

"¡Que te subas al maldito auto, idiota!", gritó mi papá.

No podía decirle a Lena que mi papá me llevaría con su familia. La familia de él era temible, siempre me insultaban; eran iguales que mi papá, solo que creo que eran más tolerables.

En la casa de la familia de mi papá, mi abuela tiene un cuarto especial para mí. Eso me hace sentir bien porque mi abuela es la única que puede verme y no juzgarme.

Cabe aclarar que la familia de mi papá vive en un lugar muy lejano, sin internet ni luz ni nada. Viven en la nada, literalmente.

Es el momento de la inspiración.

"Querida Lena Dankword, tu sonrisa hace que mis días se iluminen completamente. Eres más linda que las canciones de BERH y de The Fray, así que podría decir con certeza que me gustas y realmente no es una sola emoción. Tú me gustas por ser tan Lena, porque despiertas mis sentidos y mi inspiración. Eres más linda que el café por la mañana y sin duda a ti te dedicaría todas las canciones más perfectas del mundo.

Lena, sé que es poco tiempo el que llevamos conociéndonos. Somos completamente desconocidos, pero siento la gran firmeza que eres tú. Quisiera que me dieras la oportunidad de conocerte y que podamos ser más que amigos."

—¿Qué haces, hoyitos? —Preguntó la castrosa de mi prima. Odiaba que me llamara así. ¿Qué mierda pasaba con ella?

—Qué te importa. —Respondí. Me arrebata la hoja.

—Eres patético, hoyi. —Agregó mientras leía la hoja. —Deberías ser más intenso, a las chicas nos gusta eso. —Dijo.

—¿Más intenso? —Pregunté. —Tú que sabes de poesía si solo te dan condones.

—Suelo ser más humana que tú, idiota, y sin duda soy menos patética. —Agregó.

—A ver pues, ayúdame. —Dije.

—Te ayudaré, pero necesito que me hagas un favor. —Respondió.

—No, no me volveré a hacer pasar por tu novio. —Respondí haciendo una mueca de desagrado.

—No seas idiota, eso no. Necesito tu ayuda, pero al rato te digo. —Respondió. —¿Cómo es ella? —Me preguntó mientras tomaba una hoja de color.

—¿Emocionalmente o físicamente? —Pregunté.

—De ambas maneras. —Rio.

—Físicamente, es medio alta, ojos grises, cabello chino y tiene bonito color de piel, es gordita y demasiado amable, se le marcan sus hoyuelos en los cachetes...

—¡Jaja, ja, ja! Ya Jar, es serio esto, es para el poema. —Me dijo graciosa.

—Así es, Lena—, agregué tratando de no hacerme explotar. —Es una chica demasiado bonita—.

—Ni en un millón de años una chica así se fijaría en ti —me respondió.

—¿Y qué dices de Linda? —Volteé a verla, quería ver realmente su reacción.

—¿La extrañas aún, verdad? —Me preguntó, bajando su voz. —Ella era muy hermosa, tuviste suerte —agregó con la voz suave y una leve sonrisa.

—Lena me ha ayudado a superarla, ahora Lena es mi ancla —agregué con la voz entrecortada.

—Me alegra saberlo, Dylan. Ella es especial, y eso lo digo porque te está ayudando a ser una mejor persona —tomó de nuevo la hoja de color y empezó a escribir. —Volviendo a ella, es una chica muy seria, pero cuando entra en confianza, su sonrisa es motivación—.

—¿Lena sabe acerca de lo de Linda? —preguntó.

—Algo así —respondí.

"Lena Dankword, sé que como persona no soy el mejor. Tengo errores que nunca he podido corregir. Mi vida pasada y mi vida presente me hacen sentir un chico miserable, sin motivo alguno. Pero quiero que sepas que estoy dispuesto a cambiar mi pasado, estoy dispuesto a ser mejor por ti, aunque no me conozcas... Me duele saber que en ningún momento salvé a Linda, eso me mata todos los días, pero quiero que sepas que de ti cuidaré hasta donde llegue, porque eres la inspiración de mis versos, eres la inspiración de mis días".

Con todo esto quiero decirte que no soy un chico de palabras extensas, y mucho menos cursis, solo quiero decirte que me encantas, haces que mi vida sea una sonrisa emocional. Así que te hago una pregunta que espero de todo corazón que digas que sí, aunque quiero que sepas que no estás obligada a aceptar.

Lena Dankword, quiero que formes parte de los pedazos de mi corazón alegre, ¿quieres ser mi novia?

—Y el patético soy yo, según. —Bromeé.

—Es mejor que tu declaración. —Dijo mientras soltaba un leve puñetazo en mi hombro.

—¿Es necesario mencionar a Linda? —Pregunté.

—¿La quitamos? —Respondió con una pregunta.

—Es mejor, ¿no?

"Lena Dankword, sé que como persona no soy el mejor, tengo errores que nunca he podido corregir. Mi vida pasada y mi vida presente me hacen sentir un chico miserable. Debo admitir que haces mis días más lindos y que entran rayos de sol, eres más bonita que las canciones de BERH y The Fray. Sin motivo alguno, pero quiero que sepas que estoy dispuesto a cambiar mi pasado, estoy dispuesto a ser mejor por ti, aunque no me conozcas.

Quiero que sepas que cuidaré de ti hasta donde llegue, porque eres la inspiración de mis versos, eres la inspiración de mis días. Con todo esto quiero decirte que no soy un chico de palabras extensas, y mucho menos cursis, solo quiero que sepas que me encantas, haces que mi vida sea una sonrisa emocional.

Así que te hago una pregunta que espero de todo corazón que digas que sí, aunque quiero que sepas que no estás obligada a aceptar. Lena Dankword, quiero que formes parte de los pedazos de mi corazón alegre, ¿quieres ser mi novia?"

—Jared, somos patéticos.

—Camila, somos realmente patéticos.

—Estuvimos bromeando todo el tiempo, al parecer Camila y mi abuela eran las únicas increíbles de esta familia. Camila era mi prima favorita y no tenía cómo agradecerle.

—¿Le cantarás una canción cuando te le declares? —preguntó ingenuamente cuando se acostó sobre el piso.

—¿Debería? —pregunté como si no importara.

—¡Mierda! —saltó de un brinco. —Deberías hacerlo, eso la enamorará y no le quedará otra opción más que decirte que sí. —agregó. —Deberías hacerle un cartel.

—Eres básica.

—Eres un idiota.

—Somos. —reímos.

—Si canto una canción, será en inglés.

—¿Cuál tienes pensado? —preguntó mientras volvía al piso.

—Look After You de The Fray.

—Es perfecta.

—Lena es perfecta.

Sentía que me había oído demasiado ridículo o que había incomodado a Cami, pero no fue así. Pude notar su sonrisa de oreja a oreja y cómo me miraba con orgullo. Era la verdad, Lena era perfecta, más de lo que creí que sería, hablando emocional y literalmente.

Capítulo 16.

Lena:

Los días, las horas, los minutos y los segundos se hacían eternos, no tenían la velocidad que quería. Estar lejos de Dylan me consumía la mente, tenía pesadillas. Llevaba 5 días sin saber nada de él, no se había conectado a redes sociales, parecía que había desaparecido. No pude decirle lo mucho que lo amaba, mi cabeza estaba en otro lado.

—Está bien si no quieres hablar conmigo, Lena. Lo entiendo perfectamente —interrumpió mi pensamiento Isaí—. Solo quiero que me perdones.

—Te he perdonado, es más, no debería hacerlo. No hiciste nada para remediarlo —respondí mirando al cielo.

—Lo extrañas demasiado, ¿verdad? —dijo mientras tomaba mi mano.

—No importa, no es como si fuera mi dependencia emocional —mentí—. Además, mi corazón no le pertenece a él —mentí de nuevo tratando de cambiar de tema.

—Te amo, Lena. Quiero que sepas que no estarás sola en ningún momento —agregó—. Además, dejé de hablarle a Liam. Él solo está con Jazmín, ya no importa nuestra amistad.

—No te confundas, Isaí, no me amas, solo sientes lástima por mí... —Reaccioné al sentir sus labios con los míos.

—¡Mierda! ¿Qué hiciste? —Farfullé molesta—. No te vuelvas a acercar a mí. ¿Está claro? —Dije mientras levantaba mis cosas para irme de las bancas.

—¡No! ¡Lena, espera! —Escuché el grito de Isaí.

¿Qué carajo pasaba por la mente de Isaí? Nunca pensé que mi primer beso sería así. Extrañaba horriblemente a Dylan, mi torbellino se hacía más grande, quería desaparecer del mundo. No podía hablar de nadie, no asistía a las terapias como debería, mi psicóloga pronto le diría a mamá, pero ¿para qué ir a terapia? Dylan era mi gran psicólogo, y sin necesidad de que estuviera.

No quise entrar a clases. Salí de la escuela y fui directamente al árbol.

—Me dijiste que cuando te necesitara viniera a este árbol, pero no puedo concentrarme, tú no estás, estás lejos, me has hecho daño, no creí que fuera tan rápido. —Dije a gritos fuertes.

No pude contener mi dolor y es que realmente me dolía saber que no estaba, me dolía saber que no sabía nada de él, mi mente colapsaba, mis lágrimas salían y gritos internos me invadían.

Ahora me encontraba bajo la sombra de un árbol, llorando sin consuelo alguno.

Te necesito porque eres mi cordura. La inspiración empezaba. Ahora tenía razón una frase de Charles Bukowski: "Y para escribir de amor, debes estar enamorado o con el corazón roto, y no sé cuál de los dos es peor".

Tenía los nudos en la garganta, mi estómago no tenía las olas del mar. Creo que eran más tormentas sin fin. Lo necesitaba, más de lo que creía, más de la dependencia emocional que creamos. Él y yo creamos un vínculo de amistad, de relación, de amor. ¡Mierda! ¡Te necesito!

5 días con 16 horas, 22 minutos y 12 segundos. Estamos a nada de reencontrar nuestros corazones y sentir la adrenalina de escuchar a nuestro cantante favorito y a The Fray. Me he aprendido algunas canciones, y en lo que Dylan no está, he ido al lugar de discos a pagar $5 para que mantengan el lugar limpio. Ha sido uno de mis pasatiempos favoritos.

Empecé a aceptar lo de Isaí. Estaba bien. Tal vez fue un momento demasiado crítico, pero aún no podía hablarle. Lo de Liam había sido historia. Él y yo fuimos amigos de infancia, solamente. Estaba feliz con Jazmín, y no lo puedo culpar. Él merece ser feliz, pero aún no podía quererla porque no podía superar la muerte de Nahomi.

El extrañar a Dylan era cada vez menos difícil. Tenía una cuenta regresiva para saber que nos veríamos pronto. Eso me hacía feliz y sentir que puedo reacomodar mis ideas.

Claro, no negaría que iba cada noche al árbol. Hablaba al árbol como si fuera Dylan, pero después recordaba que el árbol no puede consolarme y me entraba nostalgia.

—Entonces por eso quiero pedirte perdón, de corazón —dijo Isaí. Podía sentir que estaba arrepentido.

—¿Quieres salir? —preguntó Liam.

—Te perdono, Liam. Realmente fuiste un idiota, pero está bien —respondí—. Saldré contigo, pero eso no quiere decir que somos amigos —agregué con voz firme—. Déjame voy a cambiarme. Espera un segundo. —Cerré la puerta.

Lo perdoné, y era real.

Fui a mi habitación y me puse un gorro blanco de Nike. Realmente, ese gorro resaltaba mis ojos. Me hice un rápido delineado y me puse un vestido blanco con tenis blancos y una chaqueta negra.

—¿A dónde quieres ir? —pregunté.

—Que el destino nos guíe —respondió.

—El destino es un idiota —dije mientras salíamos de casa.

Capítulo 17.

Liam Lougthy:

Lena se veía preciosa con su vestido blanco. Su risa era como una constelación de estrellas, la cosa más bonita que había visto.

—Oye, Liam, estamos aquí sentados en el parque comiendo helado, ¿Por qué me invitaste? —preguntó Lena.

—Hay algo que debo confesarte. —Tomé aire para tomar valor.

En ese momento sonó su teléfono y lo contestó interrumpiéndome.

—¡Ah, espera un segundo! —dijo Lena mientras atendía la llamada. —(¡No me digas! ¿Es cierto? ¡Genial, que me bese!) —se rio. —Lo siento, Liam, sigue.

—Estoy muriendo. —Dejé salir lo que estaba pensando. Quería darle vueltas al asunto. Ella se rio.

—No se juega con la muerte, Liam. —bromeó.

—Tienes razón. —Hice una risa nerviosa. —Quiero que pasemos el 30 de julio juntos, ¿te parece si hacemos una escapada nocturna? —dije con voz entrecortada.

—¡Claro que sí! —respondió entusiasmada—. El 30 está perfecto.

Faltaban solo tres días y solo en mi mente venía la pregunta: ¿Debería decirle? ¿Qué pasará? Pero ese no era el momento adecuado para contarle mi historia. A veces quería hablarle de mí, quería que fuéramos amigos como cualquier otro, Lena y yo éramos desconocidos y yo era un idiota.

Pero esa no es mi historia, en algún momento Lena tendrá que saber la verdad, por qué la noche me aterra, por qué soy tan depresivo, por qué hui de mi realidad paralela.

Te amo, Lena. —Grité en mi interior.

Necesitaba decirle que todo había terminado con Jazmín, que quería pasar tiempo con ella para confesarle todo. Pero, ¿tenía la fuerza de voluntad para hacerlo? No, no la tenía.

"Lena, mereces ser feliz, sin importar lo que pase, lo que me pase. Eres la chica más linda y tierna que he conocido, mereces un mejor amigo que te aprecie realmente, no alguien como yo que no valora lo que tiene."

Por siempre tuyo; Liam Saúl Lougthy.

—No, no lo hagas Li, por favor, todos te necesitamos, en nuestras vidas. —Dijo con la mirada agachada Sam.

—No seas idiota, no lo haré. —Mentí.

—Eso espero Liam. —Dijo con la voz más firme que pude escuchar.

—No, no lo haré… —Volví a mentir.

Lo peor era que estaba hablando con Sam, en mi mente.

No puedo con todo, quiero desaparecer, soy una mierda de persona, debería irme de este mundo, o tal vez más lejos de lo que crea. Mate a mi abuela, herí a mamá, papá se desquita. Hice pasar el ridículo a Lena, literalmente no merezco existir, quiero morir.

Estaba en un puente, parado viendo el agua, el agua estaba aproximadamente 57 metros del puente, será lo suficiente para morir. En la mente solo venía la sonrisa de Lena, y la mierda que era Jazmín.

No tengo el maldito valor de hacerlo, necesito ver una última vez a Lena, debo hacerlo, quiero estar con ella ese tiempo, ella es mi soporte, y la amo. —Grité mientras lloraba.

No tengo la mente clara, Sam y yo éramos hermanos, no podía defraudarlo, tendré que esperar.

Lena es tan bonita, merece todo el universo entero, ella formó aquella parte inédita de mi vida.

"Esperarás Liam, confía en ti, retrocede, tú puedes." —Me dije mientras retrocedía, todo estará bien, lo se Liam, eres fuert...

"No importa cuánto tiempo deba esperar, tú y yo estaremos juntos en la eternidad" ... Lena Adrienne Dankword...

—Liam Saúl Lougthy

Capítulo 18

Dylan:

Lo que Lena no sabía es que le escribía notas todos los días que pasé en casa de mi papá, diciéndole lo linda que se vería y cosas demasiado cursis, según Camila.

Lo que Lena tampoco sabía era mi nombre completo, Dylan Jared Lombardi, ni que mi padre italiano me llamaba "hoyitos". Aún no entendía cómo una mujer tan hermosa de un pueblo mágico, rodeada de hombres franceses y guapos, se fijaría en un italiano golpeador y maltratador de hombres. Cosas de mujeres (yo era la excepción de eso).

—Hoyitos, tengo que darte esto, pero necesito que me hagas una promesa. —dijo Camila mirándome directamente a los ojos.

—¡Mierda! No me digas hoyitos. —respondí.

—¿Prometes? —preguntó como si fuera una cuestión de vida o muerte.

—Lo prometo. —respondí. —Pero... ¿qué debo prometer, Camí? —pregunté sin cortesía.

—Acabas de prometer que no abrirás este sobre hasta que llegues a casa. —dijo. —Necesito confiar en ti, ¿puedo? —agregó.

—Sí, confía en mí, Camila. —dije con sinceridad. En estos días me encariñé mucho con mi prima, eso era especial para mí y para ella.

Ella me dio un sobre blanco que decía "De: Camila para: Jared" en la parte de atrás. Al ver la sonrisa de Camila, sabía que era una broma, pero decidí abrirlo cuando llegara a casa.

La convivencia familiar fue aburrida, cómo siempre, las mismas personas, la misma comida, la misma música, el mismo radio, las mismas canciones, todo eso era una pérdida de tiempo, tal vez si se actualizaran, todo sería diferente.

—Eres un estúpido Dylan. —Dijo papá enojado, realmente creí que lo estaba. —Quien iba a pensar que la abuela se enojaría. —Soltó una carcajada. Detuvo el auto. El tomo una posición donde su brazo izquierdo en el volante. —Fue gracioso que cambiarás la música. Dylan. —Tomó la misma posición para manejar y dijo —no he sido el mejor padre, te he maltratado y te he hecho sentir que no vales nada y también quiero que sepas... —Él seguía hablando, pero pude notar que atrás de él había una persona que se aproximaba hacia él.

—¡Enciende el auto! ¡Enciéndelo! —Grité mientras ponía mi mano sobre el volante. Solo vi cómo se llevaron a mi papá y un sujeto vestido de negro con cubrebocas y un gorro, me golpeó.

Reaccioné y me di cuenta de que estaba en casa. Mamá me estaba poniendo hielo en la frente y yo estaba sangrando abundantemente. Apenas podía ver su rostro. Todo estaba nublado y lo único en lo que podía pensar era en Lena.

—¿Cómo te sientes, Dylan? —preguntó mamá con lágrimas en los ojos. —¿Cómo te fue con tu abuela?

85

—Me siento bien. —mentí en respuesta a la primera pregunta. No me sentía bien, ni un poco. —Y con mi abuela también. Conviví con Camila y me hizo ver el mundo de manera diferente. —respondí a la segunda pregunta. —¿Y papá? ¿Dónde está? —pregunté mirando a mi alrededor con la vista nublada y tratando de moverme.

—¿Por qué no me dijiste? —preguntó ella mientras las lágrimas seguían cayendo por sus mejillas.

—¿Qué cosa, mamá? —respondí con una mano en la cabeza.

—Lo que él te hacía. —respondió con tristeza en la mirada. Ella lo sabía. ¡Ella ya lo sabía! Mierda.

—No te preocupes, mamá. Lo importante es que no pasó a mayores, como ir al hospital o morir. —resoplé. —Bueno, ¿dónde está papá? —volví a preguntar.

—No lo sé, Dya. —respondió ella. Tomó una bocanada de aire y continuó. —¿No estás mejor sin él? —me preguntó mientras bajaba la cabeza.

Realmente estaba bien sin él. Al menos sabía que no me golpearía de nuevo y no tendría que fingir ser alguien más.

—Estoy mejor sin él, mamá. —respondí a su pregunta como si algo hubiera caído de mi espalda. Por fin podía ser libre.

—¿Quieres ir a comer? Y me cuentas todo lo que hiciste con Camila. —me preguntó.

—Sí, mamá. Te lo contaré todo.

—Entonces, sube a cambiarte y ponte guapo. Vamos. —dijo mientras secaba sus lágrimas y se levantaba con entusiasmo. Ella era mi mamá, una gran mujer y una guerrera.

Pasaron algunos minutos y traté de comunicarme con Lena, le había llamado 23 veces pero no contestó, lo que era extraño. "Dicen que la 24 es la vencida", pensé. Quizás necesitaba espacio o no quería verme, no la iba a obligar. Ella también necesita respirar.

Me até los zapatos y grité: "¡Ya estoy listo, mamá!"

Fuimos a comer pizza y le conté todo a mi madre, incluyendo que estaba enamorado de una chica con ojos grises que había iluminado mi vida. También le dije que estaba preocupado por Lena, y mi madre era la mejor consejera. Era la mejor psicóloga del mundo.

Te amo, mamá.

Y si tuviera una última oportunidad de amarte, lo haría hasta en mi última vida, hasta en mi último aliento...

Dylan Jared Lombardi.

Capítulo 19.

Lena:

¡Es hora! Debo ponerme linda. Dylan me verá y sabré que está enamorado de mí, nuestros ojos se cruzarán y bailaremos toda la noche cerca de la cascada. ¡Un día perfecto me espera con Dyl...! Me interrumpió una llamada entrante de un número desconocido.

—Hola, ¿Lena? —Oí la voz de un hombre que parecía haber llorado todo el día. Reconocí la voz, era Sam.

—¿Sam? —pregunté.

—Sí, soy Sam. —Dijo con la voz entrecortada. —Necesito decirte algo, solo quiero que te tranquilices, ¿Sí? —El tono de Sam me preocupó, ¿todo estaba bien?

—Claro, sí, dime, ¿qué pasó? —Pregunté un poco alarmada.

—Liam está en el hospital, está muy grave. —Tomó aire y siguió. —Es tan difícil decirlo, pero... No le dan esperanzas.

Estaba en shock, mi mente nublada y mis ojos se pusieron completamente blancos. Pude hablar después...

—¡¿QUÉ CARAJO?! ¡¿DÓNDE MIERDA ESTÁ?! —Dije muy preocupada y con lágrimas saliendo, me sentía muy débil, sentía que no podía caminar, estaba cayendo en un abismo enorme. —¿DÓNDE ESTÁ, ESTO ES UNA DE TUS ESTÚPIDAS BROMAS, SAM? —Grité.

—No te preocup…

—NO HABLES, DIME SOLO DÓNDE ESTÁS, ALLÁ TE VEO. —Mi corazón latía demasiado lento, sentía que caería en cualquier momento, no tenía fuerzas, estaba con la mente en blanco, toqué mi corazón y sentía que se destrozaba.

Mi celular sonó, era Dylan, "¿Estás lista, chica?" Evité responderle y tomé lo primero que encontré y me lo puse, era un pantalón con una playera de "The Fray" que le había comprado a Dylan.

—¿Dónde está Sam? ¡Dime! —dije con lágrimas en los ojos.

—Está en el cuarto 510, ve. —dijo señalando hacia la habitación.

—No, no puede ser, no, tú no, ¡Por favor no te vayas tú! —le hablé a Liam mientras tocaba su mano izquierda y la ponía sobre mi frente. —Me destrozaba, mi respiración estaba totalmente agitada, me sentía mal, mi corazón lloraba junto con mis lágrimas.

—Tranquila Lena, tal vez no estaré bien, tal vez parta pronto. —dijo con una sonrisa que hacía notar sus hoyuelos, como si no le doliera nada.

—Estarás bien Dylan, te lo prometo, saldrás de esta, como la vez que nos volteamos del triciclo, estarás bien. —dije. —No creí que hablaras tan literal la última vez que nos vimos. —agregué con la voz destrozada.

—No, Lena, no lo estaré, y está bien, solo quiero recordarte y decirte algo que jamás pude decirte, solo que el miedo me invade. —respiró pero tosió.

—¿Qué pasa Liam? —pregunté. —¿Qué quieres decirme? —trataba de sonar tranquila, pero mi voz me invadía.

—¿Ves el pantalón de ahí? —me dijo señalando un pantalón de color vino.

—Sí. —respondí con lágrimas en los ojos.

—Eso es tuyo. —agregó con voz rasposa. —Es un acertijo. —tosió. —Deberás llevarlo contigo para descubrirlo en la primera vez que salimos, en la tarde. —Sonrió y empezó a cerrar los ojos. —¡Mierda! Lena, yo te amé siempre...

—¡NO, MIERDA! —grité. —¡MIERDA! ¡LIAM! ¡REACCIONA! ¡NOOOOOO! ¡LIAAAAM! ¡VENGAAAAAN! ¡HAGAN ALGO! ¡ÉL NO SE PUEDE IR! ¡NOOOOOO!

—¡Mierda! ¡No Liam! ¡No! Me rehúso, no, no puede estar pasando. —gritaba sin parar. —¡Mierda Liam! Regresa, no te vayas. —lloré y lloré... —A la mierda todo, a la mierda Dylan, a la mierda la música, ¡NO TE VAYAS MALDITA SEA! ¡POR FAVOR!

El corazón de Liam dejó de latir, y junto con él el mío, hablando trágicamente. Mi corazón estaba estallando, mis lágrimas no paraban, lo único que tenía de él, era su pantalón, y no lo soltaría, nunca.

Yo sabía que la casa vieja era de Dylan, ahí le habían roto el corazón, debía ir a un lugar sola, donde nadie me molestara.

Corrí con el pantalón, corrí lo más rápido posible, me escapé de los brazos de la mamá de Liam, no podía ver cómo lo llevaban en una bolsa negra, mi mejor amigo, el chico que siempre amaría, el chico que se robó mi corazón.

Llegué a la casa vieja de "Los pedazos de un corazón roto", entré por la ventana, tomé el pantalón y lo abracé. Algo se cayó del bolsillo...

Querida Lena Dankword:

Ni siquiera sé cómo pudiste descifrar tan rápido el acertijo, aunque no era difícil. Siempre quise decirte que me gustas, aunque no lo sabía. Justo hoy, 08/03, sabía que verías a Dylan. Ustedes hacen una pareja muy bonita y no te juzgaría por nada, Lena. Estaba totalmente confundido. Pensé que Jazmín era la indicada, pero me di cuenta de que durante todo el tiempo que estuve con ella, solo me mentía. Me engañó con Sam. ¿Puedes creerlo?

Lena, ¿recuerdas cómo nos conocimos? Estabas vestida con un overol de mezclilla y una blusa rosa. Tenías botas amarillas que no combinaban en absoluto, pero aun así te veías linda. ¿Recuerdas cuando cantamos juntos "Si tú no estás" de Nanpa y Soires? Yo lo recuerdo bien. Estábamos sentados en las escaleras del tercer piso del edificio 8. Tú estabas tomando una Coca-Cola y yo comía papas fritas.

En nuestro camino de crecimiento, siempre me diste motivación. Siempre soñé con bailar contigo toda la noche, escuchando a "BERH" repetir una y otra vez "Bailemos".

Era una carta de despedida. Él sabía que se iría y solo me dejó una carta. No pude seguir leyéndola. Mis lágrimas corrían por mis mejillas, mis ojos se nublaban y no tenía fuerza, no tenía ninguna.

Había 24 llamadas pérdidas de Dylan.

A través de la cortina de la casa, se podía ver el mar y el cielo estrellado. La luna era impresionante. Este lugar era conocido como "El lugar de las mariposas". Mi corazón estaba destrozado. Entendí el sentimiento de la casa, era un lugar libre para llorar y sentirse triste.

Salí de la casa y corrí cerca del mar. Me quedé sentada durante mucho tiempo. Liam era una parte de mi constelación, ahora era una parte de "Los pedazos de un corazón roto" de mi corazón destrozado.

Papá murió, y siento que fue mi culpa. Fui yo quien lo causó. Mi hermana menor también murió, y descuidé nuestra relación. Hermana, perdóname por no haber sabido valorarte. Liam, perdóname por no haberte dado una oportunidad.

La noche es larga, y tú no estás aquí, Liam. Mi corazón no late, mi respiración es rápida, mis ojos están hinchados y me siento como si estuviera muerta en vida. Solo necesito escuchar el sonido de tu risa, el pequeño hilito que tenías en la boca cuando intentabas disimular que no estabas enfadado. Solo necesito eso para tener paz, pero no estás aquí y nunca más estarás.

Quiero sentirte cerca de mí de nuevo.

Capítulo 20

Lena:

Ha pasado una semana desde que Liam se fue. No he visto a Dylan, mi corazón está roto, y ahora entiendo la tristeza que había en esa casa. No he salido de mi mundo, no he ido a la escuela, no puedo hacerlo.

Como decía, mi corazón está hecho cenizas y ni siquiera he podido dormir. ¿Cómo puedo dormir ante la pérdida más importante de mi vida? Liam era todo lo que tenía. Papá se fue, Raq se fue, y ahora él también se ha ido. Era un chico que me vio crecer, un chico que no sabía nada de mí, pero al mismo tiempo lo sabía todo.

—¡Lena!— gritó mi mamá.

—¿Qué quieres? —respondí. Estaba cansada de llorar, ya no quería hacerlo, pero mi mamá no merecía verme así. Inhalé profundamente y volví a hablar: "¿Qué pasó, mamá?" Mi voz sonó áspera, pero se escuchó mejor.

—¡Ven!

—¿Para qué? —No quería que me viera de nuevo con las lágrimas en mis ojos. Ella se estaba cansando, al igual que yo.

—¡Deseo que lo veas con tus propios ojos! —Se oía su voz sorprendida, pero también preocupada.

Sequé las lágrimas que salían de mis ojos y salí de mi cuarto. Llegué al espacio donde está la sala. Ahí estaba el pantalón vino que me dejó Liam antes de irse. Me sorprendí al ver que estaba volteado y tenía unas cuantas palabras que no entendía al principio. Como dijo Liam, era un acertijo, y ni siquiera yo lo pude resolver.

Protección intacta

En el momento exacto
Descubrí el acto
Mi ojo retractó
Lo que mi alma entristeció.

Vi volar al mejor Alcaudón real
Sus alas resplandecían al aletear
Sus plumas caían en la brisa del mar
Y solo veía mi vida pasar.

Recordé un momento inolvidable
Aquel día inundable
Con tu hermosa sonrisa resplandeciente
Que me hizo ver el mundo diferente.

Eran tus ojos dos destellos de luz
Que no podía dejar de ver con exactitud
Las horas transcurrían
Mientras tú me cantabas una melodía.

Los pedazos de un corazón roto

Tu hermosa piel blanca
Encajaba con mi barca
Era un simple náufrago
Que podía ver con la luz de tu fuego.

Conocí tu profundidad
Y es lo que me dio sanidad
No tuve más miedo
Porque tú eras mi deseo.

La primera vez que toqué tu mano
Sentí como que nada era en vano
Porque tan solo con tocarla
Sentí cómo mi vida entera te la daba.

El hermoso atardecer
Retractaba tu silueta
Mi vida la hacías florecer
Mientras te recitaba un poema.

Eres igual que la Luna
Resplandeciente como ninguna,
Mi hermosa y linda Lena.
Te entregué mi vida entera.

"Poema para la hermosa Lena", decía el título. Era mi declaración, quería que supieras que siempre quise darte protección.

—Liam Lougthy.

Liam me había entregado su corazón en ese poema. Era el poema que la profesora de literatura había pedido que hiciéramos. ¡Mierda! Pensé que era para Jaz. Mi corazón lloraba, mis lágrimas salían. Si los pedazos de mi corazón estaban rotos, ahora eran cenizas, literalmente, eran cenizas.

—Necesito ir con la psicóloga, mamá. —Dije sollozando.

—¿Estás segura? ¿Te sientes capaz, Lena? —preguntó mi madre confundida.

—Sí, mamá, estaré bien. —Dije mientras secaba mis lágrimas.

Subí a mi habitación, me puse un gorro blanco, el mismo que usé la última vez que salí con Liam. Me puse un pantalón de mezclilla y una sudadera gris con zapatos grises.

—¡Cuídate, Lena! —me dijo mamá.

—Estaré bien. —mentí.

Salí de la casa, y la coincidencia existía, Dylan venía hacia mí. ¡Carajo, carajo!

—¡Hey, Lena! —Gritó de lejos mientras cruzaba la avenida. Yo seguí caminando. —¿Por qué me ignoras? ¿Está todo bien?

—No, nada está bien, Dylan. —Respondí gritando mientras seguía caminando. No quería verlo a los ojos.

—¿Qué ha pasado, Lena? ¡Todo estará bien! Siempre estará bien tod... —Lo interrumpí.

—¡MIERDA! ¡No digas que todo estará bien! ¡Desde que te fuiste, mi corazón ha estado triste y mis ojos no han parado de llorar! —Grité mientras paraba mi caminata.

—No fue mi intenci... —Intentó decir, pero lo interrumpí de nuevo.

—¡Deja de ser tan egoísta! ¡Tu maldito ego me hace sentir débil! ¡Deberías cerrar el hocico alguna vez en tu vida! —Seguí gritando.

—¡No es ego, Lena! ¡Estuve encerrado todo el maldito tiempo! ¡Deja de hablar como si supieras todo sobre mi vida! ¡Maldita sea, Lena! —Gritó él.

El ambiente se llenó de gritos y sollozos, sentí que mi corazón estaba hecho cenizas, deseaba morir en esos momentos.

—¡Solo lárgate de aquí, Dylan! —Dije gritando intensamente.

—Me iré. —Dijo él. —Solo quiero que sepas que estaba listo para dar el siguiente paso. —Agregó mientras las lágrimas salían de sus ojos y hacía un golpe leve con su mano derecha en el aire.

El ver a Dylan irse de este lugar me hizo sentir culpable, no podía explicar que necesitaba, que sentía.

Solo quería un maldito abrazo, solo uno, ¿Era tan difícil entender?

Al parecer sí, y eso me hizo tener coraje conmigo misma.

Dylan era lo único que tenía, y ahora también lo había lastimado. Solo era yo, de nuevo, con el estúpido cuaderno.

Yo veía cómo él se marchaba, y junto a él mi corazón, o, lo que quedaba de él.

No puedo lograrlo sin ti,

Todas mis metas eran junto a ti.

¡Te extraño Liam!

L.A.D.

Capítulo 21.

Dylan Jared:

Tenía mucha preocupación por Lena, ya que no contestaba mis mensajes, llamadas ni correos de voz. Había pasado una semana desde que regresé a casa. Los golpes cicatrizaban, y mi corazón también.

—Deberías ir a buscarla, Dya. —Dijo mamá. —No te quedes sentado sin hacer nada, tal vez ella te necesita, al igual que tú a ella. —me dijo mientras tejía. Tal vez era cierto, pero no estaba seguro.

—¿Y si no quiere verme? —pregunté.

—Al menos lo intentaste. —Respondió.

Y eso era cierto, tal vez intentándolo, no perdería nada, o tal vez lo perdería todo.

Me empecé a arreglar para ir a verla, y justo cuando estaba preparando las cosas por si hoy me le declararía, recordé el sobre que me dio Camila, que me hizo prometer que no la abriría hasta que llegara a casa, pero no lo había recordado debido a mi estado al llegar.

Me dirigí al coche.

Busqué con desesperación absoluta aquella nota. Vi el sobre en el coche, bajo el asiento delantero derecho. Era obvio que era ese; decía "De: Camila" y "Para: Dylan", y su letra era patética.

"Querido Dylan:

Esto no me corresponde decirte por qué no soy yo la culpable, pero lo lamento. Quería darte mi pésame por tu papá, aunque tal vez sea tarde. Como te decía, esto no me correspondía decírtelo, pero tampoco quería que te preocuparas cuando te fueras.

Tu papá fue secuestrado y obligado a hacer una donación. Escuché al señor Hoechlin y a mi papá hablando de un secuestro, no sabía a quién sería, pero de todas maneras tenía que impedirlo. Pensé que serías tú, hasta que mencionaron el apellido del señor "Lombardi". Lamento no haberte dicho nada, solo quería que no te sintieras culpable, y por obviedad, no podrías salvarlo.

En una semana estaré en el hospital, internada para que me pongan un riñón nuevo. Resulta que el riñón nuevo será de tu papá. Lamento decirte esto. Pero, quiero que sepas que estos catorce días no fueron en vano. Realmente me encariñé contigo. Perdón por ser la prima mala, estúpida, idiota del planeta.

Camila G."

Esto debía haberme dolido, ¿por qué no me dolía? Debería tener algún tipo de sentimiento al enterarme de esto, pero no lo tenía. No entendía tanto, ¿Camila era hipócrita? No, no lo era. Ella no tenía la maldita culpa de la mierda que era papá. Ya se fue y no puedo reclamarle. Tal vez sus últimas palabras fueron reales, o tal vez él lo sabía.

Salí de casa con el sobre y las notas, pensando una y otra vez en sí me iba a declarar a Lena y en el contenido del sobre. Vi a Lena salir de su casa y cruzar la avenida apresuradamente, con los ojos hinchados y la piel pálida. Sentí un nudo en el estómago y un pequeño escalofrío que erizó mi piel, tal vez eran los nervios o la emoción, o tal vez solo el frío de un día nublado.

—¡Hey, Lena! —grité mientras cruzaba la avenida para alcanzarla. —¿Por qué me has ignorado? ¿Está todo bien?

—No, no está nada bien, Dylan. —me respondió con un grito y sin detenerse.

Su respuesta me dolió.

—¿Qué ha pasado, Lena? ¡Todo estará bien! ¡Siempre estará bien! —Intenté tranquilizarla, pero me interrumpió.

—¡Maldita sea! ¡No digas que todo estará bien! ¡Desde que te fuiste, mi corazón ha estado triste, no puedo dejar de llorar! —gritó deteniéndose y mirándome a los ojos.

Sus ojos estaban cristalizados. Intenté mantener la calma, aunque por dentro quería explotar.

—No fue mi intención... —intenté explicar, pero fui interrumpido.

—¡Deja de ser tan egoísta! ¡Tu estúpido ego me hace sentir débil! ¡Deberías cerrar el hocico una vez en tu vida! —gritó Lena con fuerza.

Eso me hizo enojar. No pude contener la rabia que sentía y le respondí con gritos.

—¡No es ego, Lena! ¡Estuve encerrado todo el maldito tiempo! ¡Deja de hablar como si supieras toda mi vida! ¡Maldita sea, Lena! —exclamé con dureza. Estaba completamente enfadado.

¡Maldije a Lena! ¡Maldición!

El ambiente se llenó de gritos y sollozos. Sentía que debía arreglar las cosas, hasta que escuché:

—¡Solo lárgate de aquí, Dylan! —gritó con voz fuerte.

—Me iré. —respondí. —Solo quiero que sepas que estaba listo para dar el siguiente paso. —Lágrimas salían de mis ojos.

No dije nada más. Ambos tomamos diferentes direcciones. Ella siguió derecho y yo retrocedí. Busqué un lugar para sentarme; la lluvia empezó a caer, y con ella, mis lágrimas. Pensé que lo de papá no me dolería, pero ahí estaban mis sentimientos: la discusión con Lena, la separación de papá y yo, Camila y sus secretos de vida o muerte, literalmente. La lluvia caía junto con mis lágrimas.

Estaba llorando por mi corazón, y con él, mi mente.

Capítulo 22.

Lena:

La discusión que tuve con Dylan me hizo sentir mal. Sentía que no era una buena persona y que había dejado ir a la única persona que tenía. Mi mamá no tenía tiempo para mí, y eso causaba discusiones lógicas entre nosotras. Llegué con la psicóloga y ya estaba arrepentida.

—¿Qué sucede, Lena? —preguntó sorprendida al verme en ese estado, y más aún por haber ido sin su autorización.

—¡No estoy bien, ya no puedo cargar con esto, no puedo! —No pude contener las lágrimas y me eché a llorar—. ¡Necesito un humano, un humano! —Saqué la libreta de mi mochila—. ¡No solo un estúpido cuaderno, no puedo desahogarme! —Grité mientras lloraba.

—¡Ven, Lena! Pasa. —Abrió la puerta.

Comenzaba a llover.

—¡No quiero pasar! ¡Solo escúcheme, por favor! —Imploré.

—¿Me permites ver tu cuaderno? —Cambió de tema, extendiendo su mano para que se lo diera.

—Sí. —Respondí mientras secaba mis lágrimas.

Era la primera persona que no se molestaba en tocar el cuaderno, aunque sentía que era parte de su trabajo, y estaba bien.

El pensamiento me invadía y solo quería agarrar mi libreta y salir corriendo de nuevo.

—Lena, te diré una cosa, pero primero, por favor, pasa. —accedí. —¿Has intentado estar sola en un lugar? —preguntó.

—Sí, pero es inútil, porque siento más tristeza. —respondí. —Conocí a un chico, se llama Dylan, es muy guapo, tiene el cabello muy loco, es rubio y tiene las uñas pintadas.

—¿Te hace feliz? —preguntó.

—Mucho, pero creo que ambos nos hacemos daño. —respondí.

—El amor también implica dolor, pueden lastimarse, pero inconscientemente. Sé que ahora no me dirás todo, pero quiero decirte que el amor, ya sea amistad, noviazgo o familiar, siempre implicará sufrimiento, porque es la ley del amor. —añadió con voz suave pero directa. —Pero él no tiene la culpa, y tú tampoco, tal vez ambos llevan cargas que están afectando sus vidas. —dijo con una sonrisa que mostraba sus dientes. —Dylan parece alguien bueno, eso creo, pero ambos deben abrir sus corazones, Lena, no te centres solo en tu dolor, trata de ver también el dolor de los demás.

Ella tenía razón, la muerte de Liam me estaba consumiendo, debía haberme enojado, pero no lo hice, era la primera persona que me daba un consejo después de... después de papá, había olvidado el sentimiento por completo, y realmente estaba agradecida.

—Debo irme, ¿cuánto le debo? —pregunté con voz firme y sin lágrimas.

—Déjalo así, Lena. —respondió. —Solo déjame tu libreta, ¿está bien? —¿Y si las cosas no funcionaban con Dylan? La libreta se quedaría y no podría desahogarme, no podía dejarla.

—Pienso arreglar las cosas con Dylan, contándole todo de mí, pero si no funciona, la libreta es mi consuelo, no tengo a nadie más a quien contárselo. —dije con la voz entrecortada, respirando rápido.

—Ese es el punto, Lena, quiero que te des cuenta de lo increíble que eres, de tu sonrisa y de las maravillas que puedes hacer sin una libreta. —dijo mientras me regalaba una sonrisa.

Me costó soltar la libreta, era lo único que tenía, literalmente, pero quería saber si era cierto lo que me dijo, y tal vez, si mostraba la desnudez de mi alma a Dylan, todo sería diferente, y poco a poco podría superar los sucesos con él.

Dylan:

El momento de lluvia me hizo recordar lo que hacía cuando me sentía pésima, así que decidí ir a la cascada. Estaba anocheciendo y el clima estaba perfecto. Cuando llovía, los colores de aquel lugar eran mágicos.

Llegué a aquel lugar y subí la barda para poder llorar a gusto, hasta que vi la silueta de una mujer.

—¿Lena? —pregunté.

—Dylan. —respondió.

Debía aguantar las ganas de llorar. Nadie me había visto llorar, a excepción de papá, cuando le decía que me soltara.

—¿Qué haces aquí? —pregunté ingenuamente.

—Supuse que vendrías aquí, aunque tenía mis dudas. También pensé que irías al lugar de los pedazos de un corazón roto. —resopló. —Pensaba en esperarte aquí unos minutos y, si no venías, iría a esa casa. —dijo.

Hubo un momento silencioso, por primera vez, nada incómodo.

—Lo siento, Dylan, no he tenido una buena semana. —agregó haciendo ruido en aquel momento silencioso. —Mis problemas emocionales se hacen más grandes. —prosiguió.

—No debes disculparte, Lena. Sé que no tuvimos una buena semana. —respondí sentándome a su lado.

—¡No puedo creerlo! —agregó llorando. —Te traté mal aun sabiendo que ahora solo eres tú mi dependencia emocional. —soltó con su voz entrecortada, llorando.

—No, Lena. Tal vez algo te absorbe, algo que quisiera saber, pero no estás obligada a contarme. —traté de sonar comprensivo.

—Es que no podré. Lloraré. —dijo agachando su cabeza. Estaba jugando con sus dedos.

—Lena, llorar salva. —dije. Estaba a nada de explotar y era cierto, no podía aguantar el no llorar.

—¿Puedo contarte desde el principio? —me preguntó mientras lloraba y sacaba una risa fingida.

—Soy todo oídos. —respondí.

—Ya sabes lo que pasó con mi papá, ¿y por qué no contarte lo que pasó con Raquel? —se dejó caer sobre el pasto y respiró. —Okay, Raquel era mi hermana mediana. Ella y yo éramos unidas. Siempre hacíamos a un lado a Laura (mi hermana mayor). Raquel y yo siempre nos unimos. Éramos mejores amigas, cómplices, etc. —soltó un sollozo. —Ella y yo compartíamos el gusto por Café Tacvba, más la canción de "El baile y el Salón". ¿La has oído?

—Me suena, pero sabes que prefiero la música en inglés. —Respondí.

Ella dejó caer sus palabras con fuerza.

—Murió Liam… —Dijo mientras se tocaba el cabello con desesperación.

Me sentí impotente ante la situación, no sabía cómo consolarla. Pero quería que Lena sintiera mi apoyo, así que la abracé con fuerza. Fue el abrazo más sincero que le había dado, quería hacerla sentir protegida y segura.

Ella comenzó a llorar, pero esta vez no había rechazo ni discusión. Lena estaba abriendo su corazón, y al fin conocía más sobre ella.

Lena:

El haberle contado todo de una vez a Dylan me hizo sentir protegida. Dylan continuaba abrazándome mientras seguían saliendo mis lágrimas. Por primera vez, sentí que estaba protegida y en confianza. Era tan inefable, ¿cómo era posible que un simple abrazo pudiera hacerte sentir de tantas maneras?

Fui soltándome poco a poco de sus brazos, no quería que ese momento terminara, pero sus manos se sentían entumecidas.

—Mi papá murió, apenas. —Solté mordiéndome el labio inferior.

¡Mierda! ¿Era verdad? ¿O lo hacía por lástima? No sabía qué decirle y mi rostro cambió por completo, lo que lo puso nervioso.

—No importa que no digas nada, Lena.

Prendió su teléfono y puso "The King's Parade". Sonaba una canción muy llamativa.

—¿Cómo se llama esa canción? —Pregunté ingenuamente.

—Juntando las piezas de un corazón roto. —Tradujo Dylan. —De felicidad hasta de tristeza, estoy encontrando cada parte. He estado buscando los verdaderos colores, ocultando todo el camino de la oscuridad. —Soltó una risa nerviosa.

Y en ese momento, sucedió. Lo besé. Fui yo quien lo besó. ¿Cómo podía ser posible que un momento tan trágico desapareciera de la nada y que después ocurriera un momento tan mágico? Esto fue un torbellino de sentimientos. Dylan y yo estábamos completamente enamorados y el beso fue nuestro destello para saberlo.

Capítulo 23.

Lena:

Dylan me mandó un mensaje pidiéndome que lo encontrara en las montañas, y sentí que esto sería importante. Tenía la sensación de que algo pasaría, y cuando me dijo "Puedes venir vestida como más te guste", supe que me pediría algo, pero tal vez era solo mi imaginación. Aunque nuestro beso fue hace una semana, tenía que ser fuerte y no ilusionarme demasiado.

Compré una boina negra y me vestí de negro con un vestido algo corto y botas de charol. Me pinté el cabello de azul, como la primera vez que conocí a Dylan. Quería recordar el momento en que nos conocimos por primera vez. Antes de poner mi primer pie allí, respiré profundamente y pensé que sería dramática si me hacía la pregunta que creía que me haría. Estaba muy nerviosa y compré un cigarro y chocolates para calmarme. Mi mente seguía pensando y pensando, sin saber cuál sería mi reacción.

Cuando llegué, Dylan me miraba con desaprobación.

—Traje chocolates —dije mientras me ajustaba el vestido—. ¡Mierda!, qué vergüenza. El aire estaba muy frío.

—Eh… te pintaste el cabello, ah. —tartamudeó. —No te ves mal, de hecho te ves más que perfecta. —Siguió tartamudeando. Realmente se veía muy lindo, parecía un niño chiquillo que necesitaba mucho amor.

—Me dijiste que viniera presentable, y esto es lo que se me ocurrió —dije con una pequeña risa—. Quería verme como el chico que me sacó de mi mundo. ¿Recuerdas cómo nos conocimos? —Sentía que mi corazón latía muy rápido. Estaba enamorada de Dylan.

Noté que hizo un movimiento mientras buscaba algo en los bolsillos de su pantalón. Sacó unos papeles y me los dio. Había una carta entre ellos y me dijo:

—Lena, léelas con calma. Solo esta carta —señaló a la carta— debes leerla ahora mismo.

—¿Ahora? —pregunté.

—Sí, ahora mismo —respondió—. Léela como quieras.

Una vez escuchado esto, supe que tenía que leerlo en voz alta. Conocía a Dylan, no mucho, pero sí lo suficiente. Empecé a leer:

"Lena Dankword, sé que como persona no soy el mejor, tengo errores que nunca he podido corregir. Mi vida pasada y mi vida presente me hacen sentir un chico miserable. Debo admitir que haces mis días más lindos y que entran rayos de sol. Eres más bonita que las canciones de Berh y The Fray. Sin motivo alguno, pero quiero que sepas que estoy dispuesto a cambiar mi pasado. Estoy dispuesto a ser mejor por ti, aunque no me conozcas. Quiero que sepas que cuidaré de ti hasta donde llegue, porque eres la inspiración de mis versos, eres la inspiración de mis días. Con todo esto, quiero decirte que no soy un chico de palabras extensas, y mucho menos cursis. Solo quiero que sepas que me encantas, haces que mi vida sea una sonrisa emocional. Así que te hago una pregunta que espero de todo corazón que digas que sí, aunque quiero que sepas que no estás obligada a aceptar, Lena Dankword. Quiero que formes parte de los pedazos de mi corazón alegre, así que ¿quién...?"

Me interrumpió y pude escuchar su voz tan suave cantando una canción de The Fray.

—If I don't say this now, I will surely break

As I'm leaving the one I want to take

Forgive the urgency, but hurry up and wait,

My heart has started to separate

Oh,, oh Oh,, oh

Be My baby

Oh,, oh, Oh,, oh, Oh,, oh

Be My baby

I'll look after you.

Mi corazón latía fuertemente, no quería imaginar cómo estaría el de Dylan. Esto era tan raro pero tan mágico.

—Dylan, yo, yo no sé qué decirte. —Agaché la mirada.

—Lena Dankword —Exclamó.

—¿Sí? —pregunté.

—¿Quieres ser mi novia? —Y aquí era donde entraba la confusión de lo que pensaba hacerle. Moría de emoción por dentro, pero debía fingir que no.

Hubo un largo silencio por mi parte, se supone que debería haber respondido rápido, pero este era mi plan, que se confundiera para que yo gritara que sí, y decirle a todo el mundo que era la novia de Dylan.

—Dylan... —Por fin hablé. Traté de sonar comprensiva y, sobre todo, sin que se arruinara mi plan. —No quiero sentirme presionada. Su rostro cambió a uno asustado y preocupado al mismo tiempo. Tomé una bocanada de aire y dije: —¡Sí, quiero ser tu novia! Por fin era la novia de Dylan, la chica más feliz del mundo. Me sentía afortunada y sin necesidad de saber quién era Dylan en su pasado.

Fue un momento mágico. Por fin era feliz y sin la necesidad de Liam. Liam era parte de mi pasado. Ahora estaba feliz de saber que Dylan iba a formar parte de mi corazón alegre.

Dylan:

Tal vez ayer era el momento en que debía declararme a Lena, en el momento en que nos besamos, pero no quería que ese momento terminara o que pudiera arruinarlo. La cité en un lugar de las montañas y estaba muy nervioso, practicaba una y otra vez cómo decírselo, solo tarareaba una y otra vez. Vi llegar a Lena con un vestido negro que combinaba muy bien con sus botas de charol negras y una boina negra, sus uñas estaban pintadas de negro y su cabello ¡estaba pintado de azul!

—Traje chocolates, Dya. —Dijo mientras bajaba su vestido porque el aire lo levantaba.

—Amh... estemh... Te pintaste el cabello... —Tartamudeé, pero ella se veía realmente linda. —No te ves mal, de hecho, te ves más que perfecta... —Seguí tartamudeando.

—Me dijiste que viniera aquí presentable, y solo así se me ocurrió. —Bromeó. —Quería verme igual que el chico que me hizo salir de mi mundo. —Sonrio. —¿Recuerdas cómo nos conocimos? —Preguntó.

Ahí fue cuando recordé que yo también llevaba una boina negra, estaba vestido de negro y tenía el cabello pintado de azul y las uñas negras.

—Sí, lo recuerdo. —Reí.

—Quería recrear nuestro momento, Dylan. —Dijo mientras se acercaba a mi pecho. —Te amo, y eso es muy raro porque llevamos poco tiempo conociéndonos y creo qu... —La interrumpí mientras la besaba, era irritante pero linda.

Subí mis mangas, saqué las notas que había escrito mientras estaba allá y me armé de valor.

—Lena, léelas con calma, solo esta carta debes leerla justo ahora.

—¿Ahora?

—Sí, ahora.

—¿En voz alta?

—Como te acomodes.

"Lena Dankword, —Leyó fuerte, esto me daría la señal. —sé que como persona no soy el mejor, tengo errores que nunca he podido corregir, mi vida pasada y mi vida presente me hacen sentir un chico miserable, debo admitir que haces mis días más lindos y que entren rayos de sol, eres más bonita que las canciones de BERH y The Fray. Sin motivo alguno, pero quiero que sepas que estoy dispuesto a cambiar mi pasado, estoy dispuesto a ser mejor por ti, aunque no me conozcas. Quiero que sepas que cuidaré de ti hasta donde llegue, porque eres la inspiración de mis versos, eres la inspiración de mis días. Con todo esto quiero decirte que no soy un chico de palabras extensas, y mucho menos cursis, solo quiero que sepas que me encantas, haces que mi vida sea una sonrisa emocional. Así que te hago una pregunta que espero de todo corazón que digas que sí, aunque quiero que sepas que no estás obligada a aceptar, Lena Dankword, Quiero que formes parte de los pedazos de mi corazón alegre, así que ¿Quie… — La interrumpí mientras canté.

—*If I don't say this now, I will surely break*

As I'm leaving the one I want to take

Forgive the urgency, but hurry up and wait,

My heart has started to separate

Oh,, oh

Oh,, oh

Be My baby

Oh,, oh

Oh,, oh

Oh,, oh

Be My baby

I'll look after you —Este era mi hogar. Ella dio una risa nerviosa.

—Dylan, yo, yo no sé qué decirte. —Agaché la mirada.

—Lena Dankword.

—¿Sí? —respondió mientras volvía su mirada con la mía.

—¿Quieres ser mi novia? —Pregunté con todo el sincero de mi corazón. Su cara mostraba preocupación, y, mierda, debía esperar un ¡No!...

Hubo mucho silencio, y mi corazón empezó a latir horrendamente, mezclándose con mis sollozos.

—Dylan. —Por fin se oyó su voz. —No quiero sentirme presionada. —mierda. —Pero... —¡Mierda! —¡Sí, quiero ser tu novia!

Mi corazón latía tan rápido que sentía que estaba flotando, mi sonrisa mostraba mis hoyuelos y Lena tenía una sonrisa que jamás había visto. Sentía que mi alma entera ya le pertenecía a Lena Dankword.

¿Cómo debía reaccionar? ¿Debía besarla? ¿Debía abrazarla? ¿Debía enamorarme más? Pensé mucho, y cuando sentí sus brazos rodeando mi cintura y su cabello tocando mi barbilla, supe que era el momento. Olía muy rico, a coco con esencia de vainilla.

—Es raro, ¿no crees? —Ella dijo mientras volvía a verme a los ojos.

—¿Qué cosa, Lena? —pregunté.

—Que hayamos perdido a personas importantes en nuestras vidas y ahora nuestra ayuda sea mutua. Solo han pasado 18 días desde que ellos partieron y estamos dando un gran paso, ¿no lo crees? —Dijo mientras volvía a mi pecho.

—¿Y eso es raro? —pregunté.

—Es bastante raro, es como si ya hubiéramos superado nuestras pérdidas, y lo mejor es que lo estamos superando día a día. —Suspiró mientras se separaba de mí. —Estoy aterrada.

—¿Por qué lo estás, mi niña? —pregunté.

Pude notar que sus mejillas se pusieron color carmesí.

—Jamás he tenido novio y me aterra el hecho de que ahora seas tú, y de que no nos hayamos conocido lo suficiente. —Dijo mientras se recargaba en el árbol. —¿Te das cuenta de que esto parece una pedida de matrimonio? —Rio.

—Es raro, Lena, pero puedo jurarte que te cuidaré y jamás te dejaré ir, porque ahora me has mostrado el verdadero significado de que la droga de un humano es otro humano. Y esto estará bien, yo lo sé. —Suspiré y dije: —¡Conozcámonos! ¿Quieres ir a comer algo? ¿Un helado? —Noté que su rostro cambió completamente y sus ojos se veían tristes.

—¡Vamos a comer algo mejor! —Respondió.

Mi corazón saltó de alegría y mis manos se refugiaron en sus hermosas curvas.

Capítulo 24.

Caminamos durante una hora y estuvimos buscando qué comer, aunque Lena era la que iba a elegir y se veía indecisa.

—¿Podemos comer pizza? —preguntó.

—¡Sí, claro! —respondí.

—¡Mejor una hamburguesa del Burger King! —señaló.

—¡Claro que sí! —respondí.

—¡No! ¡Ya sé! ¡Comida china! —La vi feliz, pero ¡no! No me gusta la comida china.

—Okey, Lena, primer dato sobre mí. —La volteé a ver de reojo. —No me gusta la comida china. —Traté de sonar comprensivo.

—¡Jaja, ja, ja! Bueno, una hamburguesa. —Respondió con una sonrisa encantadora.

Llegamos al lugar, y mierda, no podía creerlo. ¡Actúa normal, Dylan! Pensé.

—¿Nos compramos unas coronitas? —Mi chica sonreía sin parar, y eso me hacía sentir seguro. Era imposible decirle que no.

—¡Claro que sí! —Respondí con el mismo gesto.

—¿Qué van a querer? —Preguntó la mesera mientras

estaba con una libreta y pluma casi pegada a la cara. —¡No inventes! —Gritó. No podía ser. —¡Jared! ¡Eres tú! —Gritó.

—Sí, soy yo mismo. —Respondí cortante e ignorante.

—Ya hace tiempo que no te veía, desde... desde Linda. —Pude ver la cara de Lena confundida.

—Sí, ¿Podemos ordenar? —Pregunté, evadiéndola.

—Se ve que ya la superaste. —La señora volteó a ver a Lena. Era obvio que era la madre de Linda.

—¡¿Podemos ordenar?! —Dijo Lena con un tono enojado.

—Ajá... —La señora respondió molesta. —¿Qué van a querer? —Lena se tocaba la frente con tres dedos, el pulgar, índice y el corazón, mientras se hacía hacia atrás en su asiento.

—¿Me das un momento, por favor? —Le pregunté a la señora Nadia, la mesera.

—Claro. —Se retiró.

—¿Quién es Linda? —Su tono de voz sonaba molesto.

—Estamos aquí para conocernos, ¿no? —pregunté.

—Sí, y te estoy haciendo una pregunta para que nos conozcamos mejor. —Su tono de voz fue grosero.

—Linda es mi ex. —Respondí. Su rostro se mostró sorprendido.

—Lo lamento, Dylan...

—No te preocupes, Lena, todo está bien.

—No, no está bien, en serio, lo siento...

—Es algo que debí superar hace tiempo.

—Lo sé, me siento igual. No fue fácil dejar morir a Liam.

—Aún no lo has dejado morir, lo sé.

—Sabes, en honor a él, escucharé todos los 15 de septiembre hasta el último día.

Los hermosos ojos grises de Lena se cristalizaron. Yo amaba sus ojos, pero me dolía verla así de triste. Ordenamos hamburguesas y estuvimos platicando de cosas estúpidas y raras.

—Lena —dije con un tono problemático.

—¿Qué pasa, Dyl? —respondió.

—Mi nombre es Dylan Jared Lombardi. Es muy insólito, ¿no crees? Ni siquiera sé por qué me llamaron "Jared". El nombre apesta.

—Tu nombre es totalmente perfecto, Dylan —tomó una gran bocanada de aire y dijo—. Creo que deberías saber el mío. Soy Lena Adrienne Dankword. Mi padre es francés y en honor a mi abuelo, me pusieron Adrienne.

—¿Adrienne? ¿Tu abuelo se llamaba Adrien? —pregunté.

—Sí, soy Adrienne —volteó a ver su plato de comida y agregó un—. Se llamaba Adrien.

—Lo lamento, Lena.

Lo dije de corazón. Lo sentía de verdad. El nombre de Lena era único y ahora le diría "Enne" de cariño. Eso no lo sabía y me sentía especial.

Capítulo 25.

Dylan:

Llevábamos 15 días siendo novios y Adrienne era una chica increíble, a pesar de que sabía que ella todavía estaba enamorada de Liam. Me encontraba en el pasillo de los casilleros, que eran bastante feos y oxidados, pero que los estudiantes decoraban para hacerlos más agradables. No quería parecer patético, ya que llevaba poco tiempo en esa escuela.

Mientras cerraba mi casillero, vi a Isaí y quise hablar con él. Tenía una idea un poco estúpida que tal vez lo haría odiarme, pero necesitaba saber.

—¡Isaí! —grité. Él me miró como si yo fuera el culpable de algo.

—¿Qué quieres? —respondió analizándome de arriba abajo.

—¿Sabes dónde está enterrado Liam? —pregunté.

Sus ojos se cristalizaron y parecía a punto de llorar. No quería hacerlo sentir así, pero no sabía a quién más pedirle ayuda. Por primera vez, me dolía ver a alguien con ganas de llorar y no poder hacerlo. Mierda, me dolía mucho.

Solía reírme de la gente que se veía patética ante el dolor, pero eso fue antes de Linda.

—¿Por qué quieres saberlo? Dylan, ¿verdad? —preguntó.

—Sí, soy Dylan. Es que Lena no lo sabe y quiero darle una sorpresa. —¡Mierda!, la regué.

—¿Una tumba es una sorpresa? Entonces no quiero saber qué hará Lena en la tuya. —respondió y se fue por el otro lado.

No sabía qué había pasado con él, solo se fue sin decir nada. Tal vez lo había molestado en otras ocasiones y tenía sus razones. Nunca fui especialmente amable con él o con Liam, aunque traté de ser social con ellos.

—¿Cómo dijiste que era una sorpresa? Eres un idiota, Dylan. —pensé mientras me alejaba.

Estaba a punto de irme cuando sentí que alguien me abrazaba por la cintura. Era extraño. Al escuchar su respiración, supe que era Jazmín.

—¡Quítate, Jazmín! —dije mientras me alejaba de ella y me sacudía. Muchos estudiantes presenciaron la escena y pensaron que éramos novios.

Los rumores empezaron a correr lo más rápido posible, no pasaron ni 10 minutos del suceso cuando vi a Lena acercándose hacia mí. ¡Sí! La había cagado, y no por algo que yo hiciera o permitiera.

—¿Podemos hablar? —dijo en un tono grosero e irritante.

—Hablemos. —respondí no con el mismo gesto.

—En privado, Dylan. —dijo tan molesta que realmente me aterró.

Sentía que me daría un ataque de ansiedad. Llegamos a un lugar a solas, era el espacio de una orientadora, pero ella no estaba. Lena habló.

—Debería estar molesta. —rio. —Pero no lo estoy, en primer lugar, porque Jazmín es así. —agregó con un tono suave.

—¿Y por qué parecías estarlo? —pregunté desconcertado.

—Porque ese es el punto, Dylan. Quiero que ella se vea enfurecida cuando sepa que todo esto es mentira. —fue ilusa.

—¿Me usarás como peón? —pregunté rascándome las manos con mucha desesperación. Sí, me iba a dar un ataque de ansiedad justo ahí.

Lena:

Dylan empezó a rascarse desesperadamente después de que le dije que lo usaría como peón. Me sentía muy culpable y no sabía qué hacer.

—Dylan, ¿estás bien? —pregunté con miedo.

—Déjame solo un momento. —respondió malhumorado.

—No, Dylan, no te dejaré solo. —dije con voz firme. —No sé qué hacer... —murmuré entre dientes, empezaba a tener miedo.

—¡Solo vete! —respondió con voz explosiva. Vi su rostro y

estaba totalmente enojado.

¿Qué estaba sucediendo?

Empezó a sangrar y no sabía qué hacer. ¡Haz algo, Lena Adrienne! ¡¿Qué carajo hago?!

—Dylan, tranquilízate. —dije mientras acariciaba sus manos con suavidad. —Respira. —Acariciaba su mejilla. —Todo estará bien. —Lo besé.

¡Mierda! ¡Aléjate, Lena! No me beses, ¡VETE! —dijo apartándose de mis labios.

Pensé que eso lo haría sentir mejor, pero no fue así.

—Liam, no te dejaré aquí solo.

—¿Liam? ¡¿Liam?! ¡Deja de ser tan egoísta! ¡SOLO LÁRGATE, LENA!

Mierda, la regué muy feo.

—¡No, Dylan! Mátame aquí si quieres, pero no me iré, mucho menos en estos momentos, ¿entendiste? —dije mientras tomaba su mano.

Poco a poco se fue tranquilizando, su respiración empezó a ser normal y eso me empezó a calmar.

—¿Sabes lo que se siente cargar con todo? —preguntó mientras susurraba.

—Sé lo suficiente como para cargar con todo, Dylan. —respondí. —No te conozco demasiado, pero sé que eres una persona admirable, ¿sabes por qué? —pregunté.

—¿Por qué?

—Porque a pesar de tus destrucciones emocionales y físicas, sigues aquí luchando valientemente. —añadí. —Para todos los demás puedes ser un Dylan valiente, honesto y nuevo, pero para mí, Lena Adrienne Dankword, eres un guerrero que se sienta justo frente a mí, luchando por estar bien otra vez.

—No, Lena, no soy un guerrero. Te insulté y lo siento. —dijo. —A veces no soporto esta mierda, a veces no quiero seguir aquí.

—Pero sigues aquí, descubriendo día tras día que eres fuerte y que estás luchando por tu pasado por tu propia voluntad. —respondí con voz suave. —Dylan, este es tu presente, y debes aceptarlo todo, es difícil, lo sé, pero me estás ayudando a demostrar que somos capaces de todo. —añadí. —Por ejemplo, antes de conocerte, nadie estaba dispuesto a enamorarme, no había conocido a nadie con quien compartir mi vida. Y ahora, con el amor más sincero y puro, has llegado tú y me has hecho sentir la chica más feliz, has hecho que parte de mi pasado desaparezca. —Tomé una gran bocana de aire y seguí. —Dylan Jared Lombardi es mi presente y mi futuro, y eso será siempre.

Note como sus cachetes se tornaban completamente rojos, sus ojos se dilataban, y ahora comprendía el verdadero hogar. Dylan era mi hogar, y no solo físico, sino, emocional, Dylan y su ridículo cabello eran completamente míos, Dylan y su ridícula bipolaridad me enamoraban, totalmente.

Por fin podía decir que tenía novio, y no alguien cualquiera, sino que mi novio era Dylan Jared Lombardi.

—Eres lo más maravilloso que me ha pasado en la vida, Lena.

—Dylan, tú eres mi Wonderwall.

Capítulo 26.

Lena:

Un mes pasó y la felicidad que Dylan me transmitía era perfecta. Conocí a su prima, él conoció a Laura y a mi mamá, hicimos amigos, pero nuestro amor se fortaleció, y eso me hacía sentir la chica más afortunada. Había pasado mucho tiempo desde que había escrito en mi libreta, ni siquiera había ido con la psicóloga, excepto ayer. Finalmente, abrí mi corazón y mis pensamientos con ella. Mi vida cambió desde que conocí a Dylan. Aún extrañaba mucho a Liam.

Cuando la psicóloga me dio la libreta, no sentí la necesidad de seguir escribiendo, pero quiero que llegue a las generaciones venideras, que mis hijos y los hijos de mis hijos lean acerca del amor que existe, aunque solo lo esté plasmando en una simple libreta antigua. Dylan y yo compartimos la vida más imaginativa que había tenido, hablamos de nuestras tragedias y nuestras metas, de nuestras tristezas y alegrías. Él ya no sabía nada de su padre, y pensé que lo vería peor, pero no fue así.

Ambos estamos reconstruyéndonos, estamos bailando bajo la neblina de nuestros corazones. Le estamos dando vida a nuestro árbol de la esperanza. Solo queda un problema. No le he contado. ¿Cómo se lo diré? ¿Lloraré? ¿Deberé planear todo? No sé cómo decirle que mi vida corre peligro.

Amaba a Dylan con todas mis fuerzas, y mierda, era mi complemento después de que mi corazón era un rompecabezas hecho añicos. ¿Cómo es posible que una persona cambie todo de ti? Mierda, todo de ti...

—Y recordé que no todo está perdido,

La vida es un vaivén de locuras infinitas,

Y mientras bailamos al costado,

Recordé todas las risas inéditas. —me hizo reaccionar el último verso del poema de Violeta Dening.

—¡Qué profundo fue eso, Violeta! Pasas con 10. —Gritó la maestra. —¿Puedo saber para quién fue el poema?

Los ojos de Violeta se cristalizaron.

—El poema era para mi amor imposible. —Dijo mientras agachaba la cabeza.

—¿Puedo saber su nombre? —Preguntó la maestra mientras la tomaba del hombro. Qué chismosa.

—Liam, Liam Lougthy. —Salieron lágrimas de sus ojos. —¿Me permite un momento?

—Claro. —le dijo la maestra mientras señalaba la puerta.

—¿Puedo ir al sanitario? —pregunté levantando la mano.

—Ve.

Dylan iba tras de mí.

Llegué al baño y solo quería llorar, pero sabía que no debía hacerlo.

—Anne, ¿estás bien? —Gritó Dylan. Se oyó el eco.

—Sí, estoy bien. —Mentí.

—¿Puedes salir un momento? —No quiero salir, pero tendré que hacerlo en algún momento.

—Voy.

Evité llorar. El tema de Liam era algo delicado para mí. Sequé mis lágrimas, lavé mis manos y me eché un poco de agua en el cabello.

—¿Estás bien? —Preguntó Dylan.

—Sí, estoy bien. —Mentí. —Solo quería venir al baño, sabes lo rara que soy.

—Eres una rara que realmente me fascina. —Rio.

—Solté una risa cortante y bajé la mirada.

—Lena, no soltaré tu mano, y mucho menos en estos momentos. ¿Oíste? —Me abrazó.

El abrazo fue tan cálido e inocente, uno de esos abrazos que dicen más que mil palabras. Fue un gran beso a mi alma.

Lloré y lloré.

No sé qué pasaba con Dylan, aunque nos conociéramos poco, seguíamos siendo perfectamente imperfectos.

No podía imaginar mi vida alejada de Dylan. En tan solo un mes me hizo sentir tantas cosas. ¡Mierda! No, un mes. Esto solo era el comienzo de nuestro noviazgo, pero nuestro amor ya tenía más tiempo.

La conexión era impredecible.

Éramos dos locos enamorados perdidamente, creando nuestro árbol de la esperanza.

Así decidimos llamar al árbol donde por primera vez Dylan me consoló y me dijo que ese árbol siempre estaría allí para mí. Cuando me pidió que fuera su novia, ese lugar se convirtió en nuestro lugar, nuestro árbol de la esperanza.

Ya tiene tiempo que no he tocado ni un cigarro, y mi madre se ha sorprendido, me ha dicho cosas de las cuales me enorgullezco.

Mi vida cambió completamente desde Dylan, aún me duele lo de papá, obvio que esto no pararía y me atormentaría aún. Extrañaba a mi mejor amigo, a mi mejor amiga, Raq.

Liam me conocía aún sin conocerme.

Liam me gustaba.

Liam era lo mejor de mi vida.

Lo echaba de menos, realmente lo hacía.

El saber que el no existía más me llenaba de tristeza, pensé que todo sería más fácil mientras tuviera a Dylan, pero no fue así.

¿Cuánto tardaré en superarlo?

Sí, admito que mi vida no ha sido la misma. Antes al terminar la clase de literatura, física, lenguaje de señas, geografía y Literatura (de nuevo) sabía que Liam estaba esperándome bajo las escaleras, saludando a cualquier persona que pasará, sin embargo, yo me sentía especial, por ser su mejor amiga. Ahora bajaba y no veía a nadie, esta vez era yo quien esperaba a Dylan. No era lo mismo. Pero Dylan me hacía sentir bien.

¿Cómo puedo olvidar cuando Liam me presentó a su familia? ¿Cómo puedo olvidar la vez que corrimos sin rumbo? ¿Cómo puedo olvidar su hermoso color vainilla? ¿Cómo puedo olvidar la vez que lo castigaron y yo tuve que fingir que me lastimé para que Liam y sus amigos salieran corriendo? ¿Cómo puedo olvidar cuando Liam y yo dedicamos la canción "Si tú no estás" de Nanpa y Soires? ¿Cómo se supone que lo supere? ¿Cómo diablos lo superaré? ¿Cómo puedo superar a alguien que estuvo conmigo en todo momento y después se fue?

¡Liam, vuelve! ¡Maldita sea! ¡Regresa! Te lo suplico, justo ahora que te extraño, justo ahora que mi mente colapsa todo el tiempo. ¡Escúchame Liam! ¡Solo escucha! ¡Hace un mes que te fuiste!

Mis lágrimas salían sin detenerse, parecía que iban a llenar un río seco. Mis sollozos eran la melodía de este lugar. Y lo peor es que estaba en un lugar en la arena, con el mar delante de mí, mis pies descalzos, mi cabeza sobre mis rodillas mientras mis brazos estaban cruzados. Eran las tres de la mañana, y esto era mi consuelo.

Tenía 58 llamadas pérdidas de mi mamá, pero no le contestaría. Faltaban 10 minutos para las 4:00 am y realmente no podía parar. Mi celular no paraba de vibrar, así que me vi obligada a apagarlo. Sabía que mi mamá me castigaría al llegar a casa, pero no importaba, era por mi salud emocional.

Después de un mes con Dylan, mi novio actual, sigo haciendo esto. ¿Por qué no lo hice antes? ¿Será la libreta la que me hace sentir así? No lo sé, mis respuestas no son lo suficientemente claras, pero, ¿por qué no podía dejar de pensar en Liam? —¡Aléjate de mi mente!—Grité.

Y aunque parezca estúpido, Liam fue mi primer amor. ¿Cómo puede alguien ser mi primer amor y nunca conocerlo? Es como cuando ves una serie y te enamoras de un actor (me pasó con Dylan O'Brien) y de repente lo quieres, pero sabes que es imposible, así que empiezas a idealizar escenarios ficticios. Tal vez lo conoces, tal vez se casan, tienen una familia, y así. Así, justamente así me pasó con Liam, yo sentía que en algún futuro él y yo llegaríamos a ser algo más que amigos, siempre lo tuve presente.

Lástima que mi futuro con él no se cumplió. Papá, Raquel, Liam. Perdí a mis tres amores. Mierda. Esto se cruzó por mi mente y ahora, justo ahora. —¡No! ¡Por favor! ¡No mente! ¡No empieces!— toqué mi cabeza con desesperación, agarré mi cabello con fuerza y me mecí con desesperación. —¡No me traiciones así! ¡No, por favor!

Justo ahí, mi mente comenzaba a colapsar: Papá, Raquel, Liam y… mi futuro… ¿Estaba segura de que quería a Dylan en mi futuro? ¿El "amor" que sentía por él era solo emoción y no amor verdadero? No estaba segura de si duraríamos juntos toda una vida, sabiendo que él había tenido todo con su ex y eso me molestaba. Él no podía llegar así, fingiendo mucho amor por mí si aún le dolía la muerte de ella.

—No, Lena, te estás confundiendo, respira.— le dije a mí misma.

¿Y si no era así?

—Vamos, no dejes que tu mente te traicione.

¿Y si no me estaba traicionando y solo me estaba avisando?

—Estás en un colapso, recuerda todo lo que has vivido con él.

¿Y si solo era el maldito sentimiento de no estar sola?

Ahora, mi mente y mi corazón estaban en una batalla, y lo peor es que no sabía si creerle a mi corazón que luchaba porque Dylan se quedara o a mi mente que me estaba diciendo que no todo es para siempre.

Y tal vez era así. No todo es para siempre.

Volví a mi posición antigua, con mi cabeza sobre mis rodillas, mis manos entrelazadas y mi mente colapsando.

¿Mi peor enemigo era mi mente o mi corazón?

Mis lágrimas salían al ritmo de la marea y mi corazón latía al ritmo del aire.

Ahora, éramos mi soledad y yo, yo y mi soledad.

Capítulo 27.

Dylan Jared:

Tenía desesperación por Lena, no la encontraba en ningún lugar. Laura me avisó que se había escapado. Parecía un dóberman en apuros. Y lo estaba.

Busqué en la catarata, pero no la encontré. Busqué en la casa de los pedazos de un corazón roto, pero tampoco estaba allí. Busqué en el árbol de la esperanza, pero no la encontré allí.

Tenía desesperación y me dolía saber que no estaba. Pensé en todos los lugares del pueblo mágico, pero ninguno parecía ser el lugar donde se encontraba Lena. Solo me faltaba revisar un lugar, pero no creí que ella estuviera allí. ¿Qué perdía con intentarlo?

Fui al lugar de las mariposas, no porque hubiera mariposas, sino porque tenía una larga historia. Vi la silueta de una joven, no sabía si era Lena, pero evité hacer mucho ruido. Ahí estaba ella, agachada, llorando y gritándose a sí misma. Poco a poco me fui sentando aproximadamente a 30 centímetros de ella.

Ella levantó su cara, y casi le aviso a su mamá hasta que...

—No le digas, por favor. —suplicó mientras secaba sus lágrimas.

—¿Qué pasa Lena? —pregunté.

—Nada importante.

—Sabes que todos te están buscando, ¿verdad?

—¿Eso importa? —dijo en tono grosero.

—¿Yo no importo? —traté de sonar tranquilo.

—No te creas tan importante.

Auch. Eso era un "no estoy bien", "vete".

—¿Es Liam? —pregunté cauteloso.

—Sí, es Liam. —dijo mientras miraba el mar.

Traté de evitar hablar de eso.

—Levántate Lena. —tomé su mano.

—¿Qué vas a hacer? —preguntó intrigada.

—Ven. —dije.

La jalé y la hice correr hacia el mar.

—¿Qué estás haciendo? —preguntó mientras se aferraba a la arena. —¿Sabes que puedo enfermar? —agregó.

La jalé y no importó lo que dijera, la llevé al mar y empezamos a jugar con el agua. El cielo estrellado era cautivador y empezaba a tornarse de un color azul claro, lo que significaba que ya iba a amanecer.

Sin duda, Lena Adrienne Dankword era la chica que me había hecho feliz y nunca la compararía con Linda. Linda era otra historia.

Pero Lena era mi presente y realmente quería que fuera mi futuro.

La luna le decía hola al sol, y el sol le decía adiós a la luna.

Justo cuando Lena dijo esto, yo era el Sol y Lena era la Luna.

—Lo lamento, Dylan. No puedo seguir con esto. —¡Mierda!

—¿Con qué, Lena? —Traté de sonar tranquilo.

—Contigo y conmigo. —¡Me duele! —No es justo el trato que te doy. —Tomó una gran bocanada de aire y continuó. —Extraño a Liam más de lo que creí que lo extrañaría, y lo peor es que aún lo amo. Y es tan odioso esto. —No me dolió tanto como pensé que pasaría.

—Lo sé. —Dije pacífico. —Y te acepté así, ¿crees que no lo sé? Vamos Lena, es obvio todo. —Inhalé. —De todas maneras, tendremos que alejarnos.

—¿Por qué lo dices? —preguntó.

—Tú y yo iremos a diferentes universidades, y sé que deberemos alejarnos, Lena. Lo sé. —Mi voz quería quebrarse, pero tuve que mantenerme fuerte ante la situación.

Solía ser fuerte, pero siempre había un momento tan importante en el que no podías llorar. Realmente quería a Lena.

—Entonces, ¿es nuestro fin? —preguntó mientras intentaba buscar mis ojos.

—Según tú, sí. —Mi voz salió temblorosa. Sentía la mirada de Lena. —Traté de hacer que estuvieras bien, sé que has llorado, y recuerda que los ojos son el reflejo del alma.

—Es que no te quiero perder, Dylan... —volteó a ver el cielo estrellado.

No entendía a Lena ni un poco, pero me divertía tratando de descifrar cada una de sus palabras, acciones y, por último, sus respiraciones.

—No quiero que termine lo nuestro. —Dijo con su voz totalmente quebrada. —Si esto es nuestro fin… —Agregó mientras secaba sus lágrimas. —Si es nuestro fin, hay que disfrutarlo, Dylan.

—Lena, yo no quiero que esto sea nuestro fin. —Fui sincero. —Quiero tenerte toda mi vida, quiero que seamos el claro ejemplo de que el amor verdadero sí existe en adolescentes.

—Disfrutemos este día y que el destino nos diga qué pasará entre nosotros. —Me perdí en su mirada.

—El destino tal vez no nos quiera ver juntos. —Agregué.

—Tal vez no, pero hay que demostrarle que nosotros sí queremos. —Se levantó y se fue corriendo por el bosque. —¡Encuéntrame, Dylan!

—¡Mierda! ¡Espera, Lena! —Reí y fui tras ella.

No entendía a Lena ni un poco, pero su inmadurez y su dolor eran lo más real de ella. Sus ojos grises eran tan radiantes que me enamoraba perdidamente.

Podía decir con orgullo que por fin me había enamorado. Linda era única, pero Lena llegó a enseñarme el verdadero significado del amor.

Por fin había comprendido que de todos los lugares que había visitado en toda mi vida, Lena Adrienne era mi lugar favorito, el lugar al que volvería una y otra vez. ¿Cómo es posible que una persona llegue a ser tu hogar si tan solo es de carne y hueso?

Lo peor es que si este día fuera el último, me dolería y estaba bien. El dolor es parte de la vida y si nunca te ha dolido nada, nunca has vivido.

¿Lena era mi hogar?

Sí.

¿Me gustaba Lena?

Me encantaba.

¿Lena era un capricho?

Tal vez no.

¿La quiero para no sentirme solo??

Es complicado.

Capítulo 28.

Lena Adrienne:

Corrí hacia el bosque lo más rápido posible, pensando en que en algún punto de mi vida me saldrían alas y volaría, perdiéndome entre las nubes y las ramas de los árboles para descubrir lo que hay más allá del sol. Quería saber si Liam estaba más allá del cielo, pero soy humana y no me pasarán cosas como las que ocurren en las películas de princesas o de fantasía. Las odiaba porque no tienen nada que ver con la realidad.

Corrí tan rápido que me perdí en el bosque, no sabía dónde estaba ni dónde estaba Dylan. —Dylan, ¡Dylan! —grité como una loca esperando que me respondiera. Pasaron 15 minutos gritando, pero no encontré a nadie, y para colmo mi teléfono ya no tenía batería. Estaba asustada, mi energía se agotaba y solo lloraba.

Desde lejos vi una pequeña cabaña, estaba completamente sola o, al menos, parecía así. Era una cabaña muy vieja y rechinaba como si un perro estuviera lastimado. Entré a la cabaña, pero no había nada interesante. Solo se sentía una vibra algo pesada y hacía mucho frío. Tenía miedo, pero seguí explorando.

Había un tocadiscos oxidado y muchos discos en vinilo llenos de polvo. Las ventanas ya no eran visibles, eran vidrios negros. Era una cabaña abandonada, lo raro era que sentía muchas ganas de llorar justo ahí.

Limpié una esquina y me acurruqué ahí, puse mis rodillas a la altura de mi cara, crucé mis manos y reiteré de nuevo mi posición en el lugar de las mariposas.

Sentí la necesidad de llorar tan profundamente que lo hice, no me limité. ¿Era posible sentirse tan mal durante toda una noche y parte de la mañana? Sí, lo era.

Era posible sentirse tan mal durante dos años enteros. Papá se había ido, Raquel también. ¿Faltaba Laura o mamá? Me sentía miserable, especialmente porque no podía detener la muerte de mis seres queridos.

Encontré una hoja blanca con una pluma y sentí que debía escribir, como siempre lo hacía.

Perdón Papá:

Por haber peleado contigo y haber dicho que murieras. No lo quería, realmente no quería que pasara, no así, no tan pronto. Te amo y te amaré eternamente.

Perdón Raquel:

Por no poder darte el mejor ejemplo y por haberte hecho sentir mal. Perdón por no poder explicarme. Perdón por no despedirme, hermanita. Te amo.

Perdón Liam:

No sabía que hablabas tan literalmente aquel día de nuestra última salida, cuando me dijiste que morirías. Pensé que todo estaba siendo planeado, no sabía que esto terminaría así. Eres realmente el amor de mi vida. Te amaré aun cuando dé mi último suspiro, te amaré aun cuando te hayas ido.

Perdón mamá:

No pude darte el mejor ejemplo de hija. Siempre viví con la culpa de la pérdida de papá y mi hermana, aunque sé que no es mi culpa. Aun así, se lo deseé a ambos y eso me invade eternamente.

Perdón Laura:

Perdí la confianza en ti porque nunca me la brindaste. Pero te amo sin excepción, eres mi hermana y siempre contarás conmigo.

Perdón Dylan:

Te traté como un peón, quería saber si podría superar a Liam contigo. Aunque realmente sentí mucho por ti, sé que tu forma de amarme es verdadera y lo aprecio. Pero no te amo como tú lo haces. Al menos, al principio lo hice, pero la muerte de Liam me ha afectado más de lo que creí.

¿Qué carajo hago? Ni siquiera sé a quién pertenece la cabaña. Esto es algo personal, debí haber dejado allí mis cosas, mis sollozos y mis lágrimas. Guardé aquella hoja en la bolsa trasera de mi pantalón. Salí de la cabaña y seguí gritando.

—¡Dylan! ¡Dylan! ¡Ven! ¡Ven! —Mi voz sonaba quebrada.

—¡Lena! ¡Lena! —Escuché una voz gritándome. Gracias a Dios. Nuestros ojos se encontraron y sentí una profunda paz. —¿Dónde has estado? ¿Estás bien? —preguntó mientras acariciaba mis mejillas.

—Dylan, estoy bien. —respondí.

—Has estado llorando, ¿cierto? —preguntó obligando a que mis ojos se encontraran con los suyos.

—Sí. —respondí mientras agachaba la mirada.

Era algo que no podía disimular, mis ojos estaban hinchados y lo vi a través de la pantalla de mi celular. Hubo un gran silencio hasta que Dylan habló.

—¿Fumaste?

—No. —era verdad.

—Está bien, Lena. Confío en ti.

Era algo raro que hablara como si realmente me conociera. Por primera vez en casi dos meses, no había tocado ni un maldito cigarro y moría de ansias. Anhelaba volver a sentir el humo correr por mis pulmones, pero no lo hacía por mí, lo hacía por Dylan. Dylan interrumpió mis pensamientos cuando habló.

—¿Nos vamos? —dijo mientras tocaba mi mano con suavidad.

—¿A dónde? —pregunté ingenua.

—A dónde nuestras alas nos lleven, Lena. —se formó una leve sonrisa en sus labios.

¿De dónde había sacado lo de las alas? Esto era raro, solo yo decía eso.

Tuve tantas dudas en ese momento, pero no me dio tiempo de pensar, Dylan tomó mi mano derecha y corrimos en dirección opuesta.

—¡Nos perderemos! —grité fuerte.

—¡Al menos nos perderemos juntos, Adrienne! —gritó con tanta fuerza que me sentí segura.

Corrimos entre los árboles y lo más bonito es que en ningún momento Dylan soltó mi mano. Ambos corrimos sin rumbo y eso fue lo más hermoso que me pudo pasar en la vida.

Creo que al final de cuentas, Dylan y yo sí estamos destinados. O tal vez no, tal vez sea un amor adolescente y en algún futuro él se enamore de nuevo, al igual que yo. Nada es para siempre.

Quería a Dylan y quería que fuéramos el gran ejemplo de que el amor adolescente sí existe. Pero en tres meses nos estaríamos graduando, ambos saldríamos del país o tal vez del pueblo mágico. Y sí, aún no sabía qué quería ser, bueno, sí lo sabía, solo que mi mamá no apoyaba mi sueño.

La manera en que Dylan y yo nos amábamos era tan rara. Él era un árbol floreciente con colores llamativos y hermosos, yo era lo contrario, era un árbol casi invisible en la oscuridad. Lo único que llamaba la atención eran las ramas quebradas con las pocas hojas de invierno que quedaban.

Él era luz, yo oscuridad.

Éramos opuestos, parecía la ley de los signos: "negativo y negativo es igual a positivo, al igual que positivo y positivo es igual a positivo, y negativo y positivo es igual a negativo, al igual que positivo y negativo es igual a negativo". Dylan era el positivo y yo era lo negativo. Esto era igual a negativo, no estábamos destinados, tal vez. A veces, la ley de los signos puede ser confusa y tal vez ambos seamos negativos o tal vez ambos seamos positivos, aún no lo sabíamos o aún no lo sabemos.

Capítulo 29.

Lena:

El destino eligió que Dylan y yo quedáramos juntos. Estábamos a punto de cumplir 3 meses y el tiempo avanzaba rápido. Faltaba 1 mes para que nos graduáramos. Lo mejor de todo es que hace una semana hice un examen para entrar en la "École nationale supérieure des beaux-arts". Realmente anhelaba quedarme allí, aunque mi mamá deseaba que fuera actriz profesional, algo que a mí no me gustaba. También estaba considerando mudarme a un lugar lejano de casa, tal vez eso me ayudaría a despejar mi mente de este triste lugar.

—Mamá, el sábado cumpliré 3 meses con Dylan, ¿qué debería regalarle? —pregunté presionada.

—¿Le diste la playera de The Fray? —me preguntó confundida.

—¡No! Nunca se la entregué. Lo que quiero saber es qué le puedo regalar por nuestro tercer me... ¡Oh,! Ya entendí. —Fue fácil hablar con mamá. —¡Gracias, mami! ¡Te amo!

—Te amo más, Lena. —me gritó desde la sala mientras tejía.

Tal vez no se entendía bien, pero mamá trataba de decirme que deberíamos usar playeras iguales para festejar nuestros 3 meses, o tal vez ropa igual. El problema era que no tenía dinero, ni un peso, así que sería algo complicado.

Debía hablar con Violeta Dening. Tal vez ella pudiera prestarme, pero estaría mal que solo le hablara para eso.

—¡Hola, Violeta! —grité casi en el teléfono.

—¡Hola, Ele! —me dijo. Estaba molesta y me iba a reclamar, pero recordé para qué le hablaba, así que debía soportar sus estúpidos apodos.

—¿Quieres salir por un helado? —pregunté.

—¡Claro! —respondió entusiasmada. —¿Cuándo? —preguntó.

—¡Hoy! —dije. Era jueves, así que debía apurarme. —¡Lo más pronto posible!

—¿A qué hora? —preguntó.

—En media hora. Nos vemos en el puesto de las sodas, ¿está bien?

—¡Sí! ¡Claro, ahí nos vemos Lena! —colgó.

Estaba nerviosa porque solo le hablé para pedirle dinero. Me dolía hacerlo, pero era por una buena causa.

—¡Mamá! —grité desde mi cuarto.

—¿Qué pasó, Adrienne? —respondió.

—¿Me prestas 26 dólares? —pregunté.

—¿Para qué quieres tanto, Lena? —preguntó con una sonrisa de oreja a oreja.

—Invité a comer a una amiga. —no le diría que solo era para un helado.

—¿La invitaste a comer sin dinero? —Preguntó burlonamente.

—Sí, por eso te lo estoy pidiendo. —Respondí con un tono sarcástico.

—Espérame en la sala, ahorita te traigo el dinero. —Dijo mientras se dirigía a su cuarto.

—Espera un momento, Lena Adrienne. ¿Qué está pasando contigo y tu madre? —Me pregunté a mí misma.

—Toma, Adrienne. —Me entregó 30 dólares.

—¿Estás bien, mamá? —Pregunté sorprendida al verla feliz. Además, estaba tejiendo, algo que solo hacía cuando esperaba algo o alguien.

—No pensé que nuestra conversación sería así, pero eres mi hija y no debo ocultarte nada. —Tomó una gran bocanada de aire y continuó: —Estoy saliendo con un hombre llamado Damián Dening. Es un hombre honrado, lindo y muy detallista.

—¿El papá de Violeta? —Pregunté sorprendida.

—Sí, y es padre de Violeta Dening. —Respondió con una gran risa. —Su hija es mi paciente debido a que tiene anemia tipo 2. Debo tratarla con mucho cuidado, de lo contrario, podría desarrollar leucemia.

—¿Violeta?

—Sí, ella misma. —Respondió.

—¿La adolescente de cabello largo, morado y con un cuerpo bonito?

—Sí, Violeta, Adrienne. —Dijo entre risas.

—¿En serio ella? —Pregunté sin poder creerlo.

—Sí, ella misma. —Respondió.

—Pero, ¿cómo...?

—¿En serio, Lena? —Preguntó con molestia, rodando los ojos. —Violeta Dening es mi paciente con anemia tipo 2. ¿Te quedó claro?

—Mamá, es que con Violeta...

—¡Carajo, Lena! ¡Sí, ella es mi paciente y tiene anemia tipo 2! ¿Contenta? —Gritó, asustándome.

—¡No mamá, escucha! —Intenté imitar su tono de voz, pero no pude. —Voy a salir con Violeta Dening en 5 minutos. ¡Ya me voy! ¡Te amo, mamá! —Salí corriendo.

—¡También te amo, Adrienne! —Escuché que me gritaba.

Pasar tiempo con mamá era difícil, ya que nunca nos entendíamos, ni un poco. Pero hoy fue la excepción, fue algo muy increíble y cómodo, por primera vez me sentí libre, le pude expresar que tenía novio, aunque no sonó tan impresionada como creería, creo que Laura le había comentado, o no lo sé. Solo sé que me pude sentir bien, cómoda. Eran las 5:30, la hora en que había quedado con Violeta, pero no la veía. Ella era muy "puntual", lo que era sorprendente. "Quedamos en vernos aquí", me dije molesta. En eso pasó algo muy raro.

—¿A quién esperas, Lena?

—A Violeta, pero no sé dónde está —respondí ante la voz dulce y cálida.

—¿No me esperabas a mí? —preguntó la voz misteriosa.

Sentí una corriente de aire tan profunda que hizo que volteara. ¡Carajo! ¡Carajo!

—T... t... tú... es... est... estás... ¡Mu... mue... ¡Tú estás muerto! —Di un salto del susto.

—Físicamente, lo estoy, Lena, pero aún vivo en tu corazón y en tu mente —respondió Liam, volteándome a ver. De nuevo, me perdí en sus hermosos ojos color miel.

—¿Por qué te fuiste así? —iba a llorar, realmente lo haría.

—¡Lena! ¡Lena! Disculpa la tardanza, en verdad —dijo Violeta. Volteé a verla rápidamente y después mi mirada volvió a donde se había aparecido Liam, pero ya no estaba. De nuevo, de nuevo me dejó sola. —¿Estás bien, Ele?

—Sí, sí, no te preocupes Violeta, ¿quieres ir por el helado? —le pregunté algo distraída.

—Sí, claro, ¡vamos! —me respondió con una sonrisa de oreja a oreja.

Fuimos a una heladería nueva llamada "Bailemos en nuestros corazones" que se había puesto en el pueblo mágico.

—Uno de manzana, por favor. ¿Y tú, Lena? —Me preguntó.

—Uno de mango con piquín, por favor.

—¿Con piquín? —preguntó Violeta.

—Sí, con piquín.

—¿Te gusta el picante, Lena?

—Me encanta. —Reímos.

Nunca imaginé que pasar tiempo con Violeta sería tan divertido. Después de terminar nuestros helados, fuimos al cine y lo raro fue que ella pagó todo, aunque sabía que no debía pedirle dinero.

—Lena, ¿cuántos meses cumples con Dylan? —preguntó.

—¿Lo sabes? —pregunté sorprendida.

—Todo el mundo lo sabe. —se rio.

—Cumplimos 3 meses el sábado. —respondí.

—¡Wow! ¿Qué le vas a regalar? —preguntó.

¿Será este el momento adecuado para contarle? Solo dejo que las palabras fluyan, ¿qué hago?

—Todavía no lo sé, sigo indecisa. —respondí.

—¿Por qué, Lena? —preguntó Violeta, era tan inquisitiva.

—No tengo dinero, realmente. —dije, sí, era el momento de contarle.

—¡Ah no! ¡Eso no está bien! ¡Vamos, Lena! —tomó mi mano y comenzó a moverse rápidamente.

—¿A dónde vamos? —pregunté.

—Iremos a conseguir cartulina y le harás un cartel, Lena. Profundiza y expresa todo lo que sientes, haz una canción, un poema, haz que se enamore profundamente de ti. —dijo entusiasmada. —Vamos Lena, eres linda y tienes una sonrisa hermosa, podrías conquistar a cualquier persona.

—Tenía pensado comprar ropa para los dos y vestirnos igual ese día. —dije.

—¡Buena idea! ¿Y qué piensas comprar?

—Unos jeans claros, unas playeras de The Fray y unos tenis blancos.

—¡Vamos! —dijo entusiasmada. —No importa, yo pago, después me pagas, solo sé linda con él, es un buen chico.

Nunca pensé que las cosas saldrían así, pero al menos estaba feliz porque fue mejor de lo que imaginé. Violeta Dening era una chica increíble, tenía una forma de amar la vida contagiosa. Quería hablar con ella acerca de Liam, pero no era el momento adecuado para preguntarle. No quería que esa sonrisa maravillosa se fuera de su rostro color vainilla, Violeta era hermosa.

—¿Estás segura de que le comprarás esa playera a Dylan, Lena? —preguntó Violeta disgustada. Lo que ella no sabía es que él amaba a The Fray.

—Jaja, sí. —Reí. —Es linda y conozco a Dylan, sé que le gustará. —Agregué con un tono suave.

—Está muy simple. —Agregó con tono burlón.

—A él le encanta The Fray, y quiero vestirme igual que él, disfrutando su música favorita...

—¿Y a ti te gusta The Fray? —me interrumpió.

—Es interesante. —Respondí con una leve sonrisa.

—Lena, si quieres vestirte como él, deberías buscar algo que a ambos les guste, no solo a él. —Agregó con voz firme. —Deberías buscar algo en común.

—De hecho, hay algo que nos conecta. —Dije con una sonrisa de oreja a oreja, justo ahora pensaba en una playera de "BERH" —Es un chico que aún no es muy conocido, pero nos gusta mucho su música, es linda y relajante.

—¡Cool! ¿Cómo se llama? —Preguntó Violeta con la sonrisa más grande que había visto en ella.

—Se llama "BERH", como "oso" en inglés, más o menos. —¡Me sentí completa al decirlo!

Unos minutos después fuimos a un lugar especial para que hicieran el logo en una playera blanca que compró Violeta. Compramos tenis blancos con azul y unos jeans claros para ambos. Seríamos perfectamente imperfectos, eso era lo más bonito.

Capítulo 30.

Lena:

Dylan era un chico maravilloso, el amor de mi vida. Su cara era perfecta, con sus ojos azules grises que me volvían loca. Su piel blanca con pecas y manchas rojas era fascinante, él era tan Dylan.

Me enamoraba de él cada día más. Pero tenía miedo. ¿Seguiríamos juntos si fuéramos a universidades diferentes? ¿Qué pasaría si me aceptaban en París? ¿Sería una ventaja o una desventaja?

Dylan era mi perdición.

Era viernes, faltaba una hora para que fuera sábado. Subí a mi azotea, puse una colcha como si fuera una colchoneta y me acosté. El cielo se veía estrellado y azul. Me pregunté si era verdad que las personas nos volvemos constelaciones, aunque nuestra vida sea una mierda. Si las personas se convirtieran en constelaciones, en pedazos de un corazón roto.

Empecé a tener un poco de frío, pero no importaba. Como de costumbre, mi mamá no estaba en casa y Lou tampoco, así que estaba sola en la azotea, con los audífonos en mis oídos conectados al iPhone, viendo el cielo estrellado.

"Si las constelaciones, tuvieran un corazón roto" ¿Era un título lógico? No lo creo. Las constelaciones, no tienen corazón, ¿o sí? El título es ilógico, pero finalmente encontré el título para mi poema.

Si las constelaciones, tuvieran el corazón roto, tal vez no brillarían.

Si las constelaciones, tuvieran sentimientos, se desvanecerían.

Si las constelaciones, respiraran el mismo aire que nosotros, estaríamos muertos.

Lo peor es que, si las constelaciones, tuvieran un corazón, no existirían.

Tenía ganas de llorar, mucho. Solo quería que Liam bajara del cielo y me diera un fuerte abrazo, un cálido y fuerte abrazo.

Me puse de pie y grité, grité fuerte y mucho, grité hasta quedarme sin voz. No me importó lo que pensaran los vecinos ni lo que pudiera pasar, lo hice. Pensé que ese grito aliviaría las heridas de mi corazón roto, pero solo aumentaron las ganas de llorar. ¡Malditas ganas!

Miré las estrellas y sentí una gran conexión con ellas. Poco a poco mis ojos se cerraron, me había cansado de llorar. ¡Por fin!

Presencié un sonido de pajaritos, lo cual hizo que despertara, estaba bien, por fin había descansado bien.

—¡Lena! ¡Lena! —escuché que gritaban.

—¿Qué pasó? ¿Qué sucede?

—¿Dónde estás? —preguntó mamá.

Realmente ¿Dónde estaba? Comencé a buscar mi teléfono y me di cuenta de que estaba en la azotea ¡Me quedé dormida en la azotea!

—En la azotea. —respondí.

Era sábado 5 de noviembre y eran las... ¡la una de la tarde! ¡Dylan ya debería haber llegado! ¡Carajo!

Bajé rápidamente, me fui a bañar y a cambiarme. Salí del cuarto secándome el cabello, pensando que ya había llegado, pero no era así.

—¿Qué necesitabas, mamá? —pregunté ingenua.

—¿Te portarás bien? —preguntó.

—¿A qué te refieres?

—Estoy preocupada por ti, Lena.

—¿Por mí? —Me sentí rara.

—Sí, no quiero perderte, Lena.

—No me perderás, mamá...

—Sé que te irás en algún momento. —me interrumpió. —pero no quiero que sea tan temprano, amor. —se sentó en el sofá chico mientras se agarraba la cabeza.

—Sí, mamá, me iré en algún momento, pero no quiere decir que será hoy, ¿o sí?

—¿Y la universidad?

—Aún no sé si me aceptaron. —dije.

—Deberías fijarte. —Me respondió con una sonrisa de oreja a oreja.

—Debería. —la copié.

—Entonces... ¿Qué esperas? —Preguntó.

—A que llegue.

—¿Dylan?

—No, yo. —dije.

—Lena Adrienne Dankword, si no te aceptan, no te sientas mal. Si te aceptan, alégrate. La vida es de quien decide vivirla. Si no quieres vivirla, entonces ¿por qué sigues aquí aún?

—¿Aún aquí?

—Sí, Lena. Sigues estando aquí, esforzándote día con día, y si te estás rompiendo, aún es tiempo de tu superación.

¿Qué estaba pasando? Mamá se levantó del sillón.

—Lena, eres hermosa, y tu sonrisa es maravillosa. —Tomó mis manos y dio la vuelta para irse a su habitación. —Eres valiente, más de lo que creí que lo serías. —Abrió la puerta y entró. Antes de cerrar, agregó un: —Eres la más valiente de esta pequeña familia, eres la más fuerte en todo. —Hubo un silencio nada incómodo. —Te amo, hija.

Cerró la puerta de su habitación. Quedé en shock. Mamá jamás me había dicho eso, ni siquiera en mi cumpleaños.

Recordé una frase que dice: "Debes levantarte". "¿Así de fácil?" "No, así de valiente". Lo mismo, pero en pocas palabras.

Me maquillé casual como debía, me puse la playera blanca con el logo de "Un álbum para fracasar en el amor", los jeans claros y mis tenis blancos.

Escuché sonar el timbre. Por un momento pensé que era Dylan justo cuando...

—Buenas tardes, ¿se encuentra la señorita...? —dijo el repartidor de correspondencia mientras leía un sobre blanco. —¿La señorita Lena Adrienne?

—Sí, soy yo, y se pronuncia Lina, no Lena —agregué en tono apresurado.

—Perdón, señorita, es que aquí dice Lena —sonrió aquel hombre simpático.

—No se preocupe, gracias.

Antes de cerrar la puerta, aquel hombre puso su pie. Pude notar sus rasgos. Tenía ojos verdes claros, era de piel blanca y tenía cuatro tatuajes en la mano. Su cabello era café y estaba vestido de color azul.

—Mi nombre es Christopher Matthias. —Dijo con la voz firme y una sonrisa de oreja a oreja.

—¡Hola, desconocido! Es obvio que ya te sabes mi nombre —reí—. Ahora sí me lo permites, debo apurarme —empecé a tener una crisis de ansiedad.

—¡Tranquila! —dijo el ojiverde—. Respira, todo está bien.

Justo cuando el chico misterioso tomó mi mejilla e hizo caer su correspondencia, Dylan llegó con un gran ramo de girasoles y flores azules, como sus ojos.

—¿Qué está pasando aquí? —gritó Dylan con voz fuerte.

—No es lo que parece, cariño. —dije tratando de tranquilizarlo, al igual que a mí misma.

El chico de ojos verdes parecía incómodo, pero ¿por qué aún no se iba?

—Y así pasó, cariño, te lo juro. —dije terminando de explicar.

—Perdón, joven... —dijo el repartidor.

—Soy Dylan. —interrumpió.

—Como le acaba de explicar la señorita Dankword, no es lo que parecía, solo vine a dejarle un sobre blanco.

—¿Y por qué sigues aquí?

Esto empezaba a tornarse incómodo para mí.

—Paso a retirarme. —dijo el repartidor mientras se agachaba por las demás correspondencias. —¡Felicidades, chica!

Pude notar que en la última oración, Dylan se enojó, su cara estaba totalmente carmesí y sentía que me gritaría, lo cual me aterraba.

—¿Quieres pasar? —pregunté.

—Sí. —respondió.

Después de unos minutos, se sentía una vibra muy pesada en la casa, Dylan se veía molesto aún cuando le había explicado aquella situación.

—Espérame un momento, Dylan. —traté de romper todo el silencio y la tensión que se sentía.

—Ok, Lena. —respondió.

¿Era buen momento para darle la ropa?

Fui a mi habitación y respiré hondo, tenía muchas ganas de llorar por aquel suceso.

Tomé las cosas y suspiré para no tener la voz temblorina, volví a los sillones y Dylan estaba en el mismo lugar.

Me acerqué para darle la ropa, pero a él se le salían las lágrimas.

—Dy, Dy, Dylan... —tartamudeé—. Está todo bien...

—Sí, Lena. —Se secó las lágrimas—. Solo que estoy feliz de saber que cumplimos 3 meses. —Agregó.

—Te compré esto, Dylan. —Le extendí la mano.

—¡No inventes, Lena! —Gritó—. ¡Es lo más lindo del mundo!

—Quería que este día estuviéramos juntos y vestidos iguales —añadí—. Quiero que seamos eternos, Dylan.

—Lena, quiero ser eterno contigo, pero ¿crees que funcione?

—¿A qué te refieres?

—Sé que estuvo mal, pero tenía que hacerlo. —Tomó mis manos y empezó a temblar con uno de sus pies—. Abrí el sobre blanco.

—¿Por qué mierda lo hiciste? ¡Era mi privacidad! —Farfullé.

—Lo sé, Lena, pero... —Secó una de sus lágrimas— ¡Felicidades! —Gritó—. Fuiste seleccionada en la École nationale supérieure des beaux-arts.

Ahora entendía el dolor de Dylan...

—Gracias por decírmelo —dije—. ¿Nos vamos?

—Déjame que me cambie primero —añadió.

—Claro.

♥♥♥

El silencio nos envolvía, y últimamente resultaba cómodo, pero esta vez ya no lo era. Quería sentirme bien con Dylan, pero no sabía si yo era el problema o quizás él lo era. Estábamos en el lugar de las mariposas, donde el mar se veía precioso, los árboles formaban un pequeño bosque, la arena, el atardecer, el anochecer, todas las fases de 24 horas se veían completamente perfectas.

—¡Nos vemos perfectos, mi amor! —grité emocionada, deseando que fuera un momento bonito y romper el silencio absoluto.

—Lena, te ves perfecta, somos hermosos y eso es increíble. —respondió Dylan. —Soy un hombre afortunado de tener a una chica tan linda como tú. —Mis cachetes se sonrojaron y me sentí nerviosa.

Me lancé sobre él y lo besé. Este beso no era como los demás, era más intenso. Me sentía bien con ello, aunque no sabía si él también se sentía igual.

Nuestros labios empezaron a enloquecer y sus manos agarraban con fuerza mi cintura. Sus labios descendieron suavemente hacia mi cuello. Sentía tanta satisfacción, pero quería contener mis ganas de gemir o de empezar a desnudarlo. Mi mente voló demasiado lejos, Dylan bajaba las manos hacia mi trasero, lo apretaba fuerte pero con delicadeza. Sus labios tocaban mi cuello y lo lamían, era tan excitante.

—¿Estás segura de esto? —preguntó sin detener sus besos en mi cuello.

No hizo falta responder, pues él hizo algo que realmente me hizo que gemir, esa fue mi respuesta. Mi gemido dijo que sí.

Empezó todo, me desnudo con tanta delicadeza, admiraba mi piel con sus dedos.

Empezaba a anochecer y no importaba, no me cansaba de aquel acto.

Ambos estábamos en la orilla del mar, no era algo que nos preocupara, nadie nos vería. ¿Qué mejor que perder la virginidad en uno de los mejores lugares del mundo?

Tal vez, esta fuera mi primera vez, tal vez de Dylan sería más de su primera, pero no era algo que me importará, solo quería disfrutar aquel momento.

Este día cumplimos 3 meses y este día era el más lindo de mi vida.

El día 15/noviembre/2017 me entregué a Dylan, al amor de mi vida.

Capítulo 31.

Dylan:

No era mi mejor momento, pero Lena hizo que me sintiera especial al entregarse a mí con tanta facilidad y amor. ¿Era posible enamorarse completamente con solo tener sexo? Amaba a Lena, pero no lo suficiente, hasta que tuvimos relaciones sexuales.

Claramente, no era mi primera vez, ya que Linda y yo manteníamos relaciones sexuales cuando aún éramos jóvenes, o al menos eso nos decían. Linda era una chica hermosa, con piel morena, ojos color miel, un cuerpo perfecto y cabello largo, todo lo contrario a Lena.

Aunque nunca se olvida al primer amor, sentía que con Lena era el segundo y el tercero al mismo tiempo. Era tan bonito estar con ella.

No podía ir corriendo a buscar a Linda, ella ya no existía y aún duele recordar sus últimas palabras: "Cariño, ve y busca al verdadero amor de tu vida. Ve y muéstrale aquella casa donde nos han roto el corazón. Dylan Jared Lombardi, ve y busca, encuentra, ama, y jamás ¡escucha esto! Jamás dejes que el destino elija por ti..."

—¡Dylan! ¿Estás ahí? —Gritó Jon por milésima vez.

Jon era uno de mis pocos amigos, éramos un grupo de solo 5 personas incluyéndome.

—Déjalo, Jon. Está pensando en cómo perder su virginidad —rio Daniel.

—No se rían de él, malditos idiotas —añadió Spencer.

—¿Estás bien, Dylan? —me preguntó Thomas, quien era más tranquilo que la bola de idiotas con los que me juntaba.

—Sí, estoy bien —respondí—. Solo me duele un poco la cabeza.

—Desde que andas con Lena todo te duele, maldito —dijo Jon—. No es como Linda, hasta la invitabas con nosotros. ¿Qué te ha pasado, amigo?

—Sí, Jared —así me llamaban—, cuéntanos.

—Está bien, comenzaré.

—Te escuchamos...

Y mi mente comenzó a rodearse de todo, desde que era pequeño, hasta mi adolescencia y por el momento, hasta mi juventud.

Mi mente estaba colapsando, pero soy hombre, y los hombres no lloran, no podía hacer eso, no podía, realmente no. ¿Qué pensarían mis amigos?

Quería desaparecer en estos momentos, pero quiero tener una libreta especial para contar mi historia, he visto que Lena carga con su libreta cada momento, y a veces escribe lo más bonito de su día, dirían las personas que es un Diario y sabemos de antemano que eso es algo muy privado, aunque me gustaría saber que escribe, que hace, que piensa. ¡Mierda! Quisiese saber si la hago lo suficientemente feliz o me falta algo más.

—Linda era mucho y nada a la vez, emocionalmente siempre me apoyo. —Agregué.

—Pero también físicamente. —Dijo Thomas.

—Si wey, es verdad. —Agregó Jon. —¿Recuerdas la vez que te caíste de la bicicleta? —Carcajeo. Era tanta su carcajada que no se le entendía que es lo que decía.

—¡Es verdad! Te cuido todos esos días. —Agregó Spencer.

—Cómo no lo iba a cuidar wey, si parecía su mamá. —Dijo Daniel. —Seamos honestos Dylan, ella tenía 15 y tú tenías 13, era muy raro eso.

—El punto es que la quería, y aún la quiero.

Mi mente empezó a llorar y mis lágrimas caían poco a poco.

—Dylan, siempre nos vas a tener aquí, te apoyaremos en todo momento, ¿Okey? —Spencer. —Te amamos.

—¡Beso de cinco! ¡Beso de cinco! —Gritaron.

—Patéticos —Agregué.

—Idiota. —Dijeron.

Y en algún momento debían saber todo lo que pasaba conmigo, en todo momento, pues eran mis leales. Jonathan, Thomas, Spencer y Daniel, eran mis leales, los únicos que siempre quería ver a mi lado, ellos serían lo que me acompañen al altar, y estaba seguro de que iría al altar con Lena.

—No sé si soy hipócrita, pero me tomó mucho tiempo encontrarte —dije—. Es momento de hablar de todo lo que ha pasado.

Me enamoré de una chica de cabello corto y chino, ojos grises intensos, labios gruesos y piel blanca. Tiene las pestañas más lindas que he visto. Pero ahora hay un problema. Ella irá a una escuela en París y yo aún no sé si quedaré en el instituto Astronómico Estatal Shtèrnberg. Tengo tanto miedo de no volver a verla, tal vez de que se enamore de alguien más. Tengo miedo de que su mente ya no me pertenezca a mí. Lo peor es que me entregué a ella y quiero hacerlo aún más. Quiero pertenecerle siempre, sin importar qué obstáculos nos ponga la vida.

Creo que hablar con un difunto es tan extraño. Es irónico, no poder verte ni abrazarte. La vida sin ti ha sido tan larga. Mis ojos se hincharon tras tu muerte. ¡Carajo!

Lena es una chica verdaderamente increíble y sabe hacerme feliz, aunque también sabe hacerme enojar fácilmente. Estoy enamorado y no sé si esto está bien o no.

Quisiera verte y tal vez ser amigos, como debió ser. Lena saca lo más hermoso y cursi de mí, y lo peor es que tiene tanta razón al hacerme totalmente feliz.

Te compré flores rojas parecidas a los tulipanes. ¿Cómo olvidar tus cascadas color rojo?

Lena te extraña y es triste no poder ayudarla. Ella no lo quiere así, tan solo desea verte y que me des consejos.

¡Liam! Estoy enamorado y perdón, ha sido de tu mejor amiga.

Recuerdo que cuando la vi, venía con Isaí. Tan bonita con sus ojos grises. Socializamos tan mal, bueno, fue ella. Nuestra primera salida cuando la llevé a conocer a Camila, mi prima favorita, aunque es una maldita perra como Rebeca. Cuando le pedí que fuéramos novios. Y aquí estamos, cumpliendo nuestros 3 meses juntos, y estamos a medio mes de terminar la preparatoria. Ella sí quedó, pero aún no sé yo.

Espero seamos amigos, tal vez estábamos destinados a ser los mejores amigos. Te extraño, chuga.

Capítulo 32.

Lena:

Tres semanas y media para que termine la preparatoria, es día de las fotografías y estoy ansiosa de saber que estaré en el mismo lugar que Dylan. Debería apurarme, porque aún no entregué mi poema, y me preocupa no tener inspiración. El miércoles debo dar mi avance, y de eso depende mi última calificación de Literatura. "Puedes reprobar, siempre has pasado esa materia", pensé.

—Señorita, usted en medio por favor. —dijo el fotógrafo.

—¡Yo debo estar al lado de Dylan, señor! —agregué. Hubo rumores muy incómodos.

—No puedo hacer eso.

—¿Por qué?

—Deben ir por estaturas.

—¿Y por nosotros no pueden hacer una maldita excepción? ¡Mierda! ¿En qué mierda vive? —farfullé molesta.

—Lena —agregó Dylan—, tranquila, hay que hacerle caso al señor.

—¡No! ¡Mierda Dylan! ¡Debemos estar juntos!

—¡Cállate Lena y obedece! —gritó Dylan.

Y de nuevo el lugar se volvía pesado y triste.

—¡Deja de darme malditas órdenes! ¿Tú quién eres para hacerlo? —la gente nos oía, nos veía y se reía—. ¡Ve y dale órdenes a tu familia!

Llegó la consejera y me llevó junto con Dylan.

—Ustedes son pareja, ¿verdad? —preguntó la consejera cuando llegamos a su oficina.

—Sí —respondió Dylan.

—Les daré un momento para que intenten hablar, y si no es así, no se obliguen. —Cerró la puerta y nos dejó en un espacio.

—¿Qué pasa por tu cabeza, Lena?

—¡Yo solo quería estar a tu lado! ¿Era tan difícil?

—Lena, pareces una niña estúpida. Deja de actuar como retrasada. —Esas palabras dolieron.

—¡Mierda Dylan! ¿Qué putas pasa contigo, eh? Deja de hablar como un maldito idiota, ah sí, que eres hijo de un pendejo que te abandonó.

—¡Mierda Lena! ¡Mi papá es el fotógrafo! —¿Qué carajo?

—Lo lament...

—No digas ni madres, Lena, vete a la mierda.

—¡Vete tú a la mierda! ¿Quién carajo crees que eres para hablarme como tus malditas primas? —agregué—. ¡Vete a la mierda, hoy y siempre! ¡Esto ha terminado!

—Mierda, ¿qué es lo que estás dicien...?

—¡Ya, Dylan! ¡No hables!

Me fui tan molesta de aquel lugar que ni siquiera me tomé el tiempo de tomarme la foto, estaba demasiado enojada. Mis lágrimas mezcladas con la rabia salían sin control, y quería gritarles a todos.

—¡Lena! ¡Espera! —alcancé a escuchar la voz dulce de Dylan gritándome desesperadamente, mientras yo cruzaba la avenida.

De repente, sentí que mi cuerpo era empujado por una fuerza desconocida, como si una onda electromagnética hubiera explotado y me hubiera alcanzado por completo. Me asusté muchísimo y no sabía lo que iba a pasar. Todo mi cuerpo se sentía entumecido, mis ojos se cerraron poco a poco y mi cabeza empezó a dormirse. Sabía que algo muy grave me había pasado, pero no podía entender qué era.

Finalmente, cerré los ojos por completo y mi alma se liberó en un momento de paz.

Capítulo 33.

Lena:

El cuerpo me dolía. Alcanzaba a escuchar voces apresuradas.

—¡Vamos, vamos!

—¡Sálvenla, por favor! ¡Háganlo!

No sabía qué pasaba, solo que no podía moverme, mi cuerpo estaba completamente inmóvil. En esos momentos, vi mi vida entera. Estaba aterrada, pero no tanto. No sabía por qué estaba allí, por qué me estaba sucediendo esto, pero estaba bien, al menos sabía que tenía una madre.

En esta escena de mi vida, vi cómo un chico de ojos color miel me abrazaba. Había otro chico a su lado con ojos grises. El chico ojimiel tenía hermoso cabello rojo, pecas llamativas y lo mejor de él, es que traía un hilo que controlaba su labio. ¿Quién era? ¿Por qué lo estaba viendo? El chico ojigris era guapo y tenía dos hermosos hoyuelos que se le marcaban cuando sonreía. Ambos tenían una sonrisa de oreja a oreja.

—¡Lena! ¡Debes respirar, nos han dicho que eres muy fuerte!

—Uno, dos, tres.

—¡Vamos!

Continué viendo escenas. Vi a un chico de cabello azul con ojos azules intensos. Sus uñas estaban pintadas de negro y vestía de negro.

—¡Vamos Lena! Uno, dos, tres.

Él tocaba mi mano y me hacía sentir protegida. Me regalaba flores y sentía el aliento de vida.

—¡Espera! ¡¿Cómo te llamas?!

Me sonrio y dijo:

—Me llamo Dylan, Dylan Jared. —Y se fue.

—¡No, no te vayas! ¡Regresa!

No soy muy fuerte.

—¡Vamos Lena! ¡No te rindas! ¡Tú puedes!

Mi ritmo cardíaco estaba desacelerado.

—¡Lucha Lena! ¡Lucha!

—¡No, no puedo! Hice un esfuerzo total.

—¡Lena! ¡Tú puedes! ¡Eres la mejor! ¡Vamos!

Yo puedo, debo poder.

—¡Vamos Lena! ¡Tú puedes!

Desperté y todos estaban alrededor de la camilla del hospital: había una enfermera y cuatro personas más.

—¿Mamá? —pregunté desconcertada, casi suplicando comprensión.

—¡Sí, Lena! ¡Soy tu mamá! ¡Cassie! —respondió la mujer.

—Y, ¿quiénes son ellos? —pregunté, tratando de entender.

Mi mente estaba totalmente abrumada.

—Señora Dankword, solo es cuestión de que su pequeña se recupere, después recordará todo. Por ahora, no la presionen —intervino la enfermera.

—¿Cuánto tiempo debemos esperar? —preguntó la madre.

—Para que recuerde completamente, al menos unas 24 horas. Si no lo hace, es mejor hacerle una electroencefalografía. —explicó la enfermera.

—Comprendido —asintió la madre.

—¡Lena! ¿Me recuerdas? —preguntó un joven de ojos azules.

—¿Quién eres tú? —respondí, aún confundida.

—Lena, soy Dylan... tu novio —dijo él, tratando de hacerme recordar.

Mi mente estaba llena de preguntas: ¿por qué no recordaba a todos? ¿Por qué solo recordaba a mamá? ¿Quiénes eran los demás? ¿Cómo había llegado al hospital? ¿Por qué dolía tanto mi cuerpo?

—Lo siento, no te reconozco —dije a Dylan, frustrada.

Me sentía bien, al menos no tenía heridas graves, solo un dolor de cabeza y unos rasguños en la cara, pero estaba bien. Me inyectaron algo y me dijeron que me sentiría mejor en unas horas. Paz.

♥♥♥

24 horas.

Y no recordaba a nadie, más que a mamá. Debía ponerme una blusa porque me harían un estudio de electroencefalografía. Y así fue. Me diagnosticaron Amnesia Selectiva. No entendía ni siquiera qué era eso. A mamá le salían lágrimas.

—Dylan, Lena no te recordará. Puede que recuerde algunos momentos buenos más o menos, pero después los olvidará.

—¿Ella no me recordará?

—Al parecer, no lo hará más...

Capítulo 34.

Dylan:

Lena no me recordaría, ¡Mierda! ¡Ella no lo haría más! ¡¿Por qué?! ¡Maldita sea!

Mis ojos sacaban lágrimas, mis dientes rechinaban, mi corazón latía tan lento.

—Dylan, debes tranquilizarte...

—¡No puedo Jon! ¡Mierda, no puedo! ¿Por qué esto me pasa a mí? ¿Por qué? ¿Qué maldita culpa tengo?

—Dylan, eres una persona fuerte...

—¡No, mierda! ¡No trates de decirme que soy fuerte! ¡Porque no lo soy! ¡Y ya estoy hasta la madre! ¡No quiero sentirme así! ¡Quiero conocer a alguien que esté eternamente conmigo!

—Amigo, lamento decirte que entonces estás buscando a alguien que no existe, y si es por tu estúpido ego, mierda Dylan, quédate solo para siempre. Yo estaré feliz, ¿sabes por qué? Porque hace un par de años te dije que terminarías solo, y así es como estás terminando. Prefieres lamentarte, llorar, gritar, patalear y morir, en lugar de ir tras esa chica y demostrarle que realmente la amas. Eres un cobarde.

Azotó la puerta y se fue.

Era verdad, no debía dejarla así sin más, ella me escuchó durante un buen tiempo. Debía cuidarla, ahora era mi turno.

Lo peor de todo es que la amo. Es terrible la forma en cómo le hablé y me siento más mierda de lo que soy. Por culpa mía, ella estuvo en el hospital, por culpa mía, ella tiene amnesia selectiva. Debería irme, debe ser raro que venga contigo. Es raro entablar una conversación con un difunto. Te dejo los tulipanes, tulipanes muy bonitos.

Tomé mis cosas para retirarme, pero antes...

—¿Crees que debería dedicarle una canción? Tal vez, solo para que escuche algo que sepa que yo era parte de ella. No sé qué hacer, Liam. Ella tampoco te recuerda. ¡Dios! ¡Mándame una señal, Liam!

Cuando iba saliendo del cementerio, sentía la necesidad de volver a la tumba. Esto era totalmente raro. Volví a la tumba y había un tipo de letras. Eran las iniciales GGG-PP, esto no lo decía antes. Era totalmente raro.

Busqué en mi móvil GGG-PP y era una canción que se llama "Gone Gone Gone" de Phillip Phillips. ¿Era la canción indicada?

Y sí, lo era.

5 días para la graduación, y mi corazón seguía destrozado, Lena no me hablaba, me dejaba desapercibido.

¿Haría lo correcto? Escribí una carta y la dejé en su mochila, hasta abajo estaba la canción que le dedicaba, la canción que Liam me dijo.

Lena traía un vestido morado con unas botas blancas, una coleta arriba y una diadema Blanca.

¡Mierda! ¡Qué bien se vestía! Estaba con una chica de cabello morado, y vestida Dark. Yo quería vestirme diferente, más alegré. Quité el barniz de mis uñas y me pinté el cabello de color rojo fuerte.

Sus hermosos ojos grises cruzaron mis ojos llamando al cielo. Mis ojos eran el cielo azul, sus ojos eran el cielo eléctrico que se teñían por sí mismos. Es una clara definición de nosotros.

Lena era un poco de todo.

Tenía grandes nubes de tristeza; pero en lo más profundo de ella, estaba el sol queriendo salir. Yo era infinito, era tan complicado, era un mapa sin descubrir, era como una isla virgen que aún no tiene huellas.

Sus hermosos ojos color gris intenso eran mi lugar seguro, ella y yo combinamos perfectamente, yo soy un lago grande y ella es un día nublado. Tomé asiento y una chica de ojos café oscuro empezó a hablarme, se veía que estaba tratando de coquetearme.

Sentí una mirada muy pesada, quería pensar de quién se trataba, pero no quería equivocarme. Empecé a buscar con la mirada entre ojo y se trataba de la chica de ojos grises, sí, de Lena Adrienne.

Con la más mínima intención, me acerqué a la chica de ojos cafés y le pregunté: "¿Cómo te llamas, bonita?" Quería que Lena viera aquel momento.

—Soy Judith. —Me lanzó una sonrisa muy coqueta.

—Hola, Judith. Yo soy Jared.

—¿No te llamas Dylan? —preguntó confundida.

—Soy Dylan Jared. Puedes llamarme como gustes, Judith. —Respondí con la misma sonrisa.

Lena estaba presenciando aquella escena. Pude notar que ella trató de hacer lo mismo, pero esta vez con un chico de ojos verdes y moreno, nada atractivo. No funcionó su plan y, en vez de enojarme, carcajeé.

—¿Dije algo gracioso? —preguntó ingenuamente.

—¡No!

—¿Entonces, qué te hace gracia?

—Nada bonita, me seguías contando.

Lena era tan bonita y se veía patéticamente idiota tratando de darme celos y, sin embargo, no lo hacía. Bueno, al final de cuentas, no entiendo por qué ella se comportaba así si ella no me recordaba.

—¡Bien, chicos! —Gritó la maestra de filosofía. —¿Qué haces aquí, Lena? —Las miradas de los alumnos fueron directamente a donde Lena estaba.

—He querido entrar. —¡Mierda! Su voz es jodidamente perfecta.

—¿Quién te ha dado la autorización?

—Yo misma, solo me ha dicho el orientador marino que nos dará un aviso rápido.

—Oh,, sí, gracias por recordarme. —dijo. —El día viernes será el cierre de ciclo, pero no será un cierre de ciclo normal, todos iremos al lugar de las mariposas. ¿Alguien lo conoce?

Automáticamente, mi panza comenzó a revolotear. Era obvio que lo conocía, junto con Lena... ¿Cómo olvidarlo?

—¿Alguien lo conoce? ¡Levanten la mano! —agregó la maestra.

Lena y yo fuimos los únicos que levantamos la mano, los demás se quedaron sorprendidos.

—¿Cómo es que lo conoces, Lena? —preguntó ingenuamente la metiche de la maestra.

—Liam y yo íbamos cuando éramos pequeños, e inclusive lo consideré mágico porque ahí fue nuestro primer beso.

—¡Maravilloso! —gritó la metiche. —¿Y tú, Dylan?

—Yo lo conocí debido a que —tomé una gran bocanada de aire— el amor de mi vida estaba luchando en una gran batalla con su mente, y solo pensé en recorrer todo el pueblo.

—¡Fantástico! —gritó. —Ustedes deberán guiarnos.

Estaba algo confundido y triste a la vez, ese lugar era un buen recuerdo.

Y así me quedé intrigado, debía investigar sobre la Amnesia Selectiva. Después de las clases fui directamente a mi casa y busqué qué era eso, porque para ser honesto, Lena recordaba bien los lugares felices. ¿No se supone que la amnesia es pérdida de memoria? Investigué profundamente y encontré respuestas. La Amnesia Selectiva solo hace recordar los buenos momentos. Lena no recordaría que terminamos, eso era bueno, creo, pero debía ser honesto con ella siempre. Sin embargo, si ella no recordaba los momentos difíciles, ¿por qué no se acercó para hablarme? Lena era más que confusa.

Capítulo 35

Lena:

Día de la graduación:

Es el último día en que veré a Dylan, o tal vez no lo sea, porque nuestros apellidos no son tan lejanos, él es "L" y yo soy "D".

Según lo que mamá me contó hace un par de días, es que Dylan y yo terminamos, pero no recuerdo haber terminado con él debido a que no lo recuerdo.

Dylan había sido el chico que me guio ante cada locura e incluso ante cada roto corazón. Él tomó mis manos y me hizo ver el mundo de manera diferente.

—¡Recibamos ahora a nuestra querida estudiante! ¡Lena Adrienne Dankword! —Me enojé, era ¡Lina! ¡No, Lena!

Todos aplaudían, excepto yo. Tomé mis papeles de mala gana y volví a sentarme.

—Violeta Dening —ella alzó aquel papel al cielo y dijo:

—¡Lo logré cariño! ¡Este triunfo te lo dedico a ti, Liam!

Las lágrimas salieron de mis ojos.

Pasaron tres estudiantes más hasta que...

—¡Recibamos ahora al estudiante, Dylan Jared Lombardi! —Él se veía feliz por aquel triunfo, y eso me emocionó. Le grité:

—¡Te dije que podías! ¡Estoy orgullosa de ti, Dylan! —Sus hermosos ojos me miraron tan profundamente que pude enamorarme más.

—¡Todos mis logros serán dedicados a ti! ¡Mi hermosa ele! —Su sonrisa era totalmente grande.

Me sonrojé mucho al escuchar esas palabras.

Seguí esperando desesperadamente que aquella ceremonia acabara para largarme de una vez por todas.

—Está aburrida la ceremonia, ¿no crees, Lena? —La voz dulce y gruesa era de Dylan.

—Sí, es terrible. —Respondí ante la pregunta, sin mirarlo ni un segundo.

—¿Irás al último baile?

—¡¿Habrá un baile?!

—Sí, lo han organizado.

—¡¿Cuándo?!

—En la noche.

—Trataré de ir.

—¿Paso por ti?

—¡No, gracias!

—¿Sabes al menos dónde es?

—¿Necesito saberlo?

—Es obvio, Lena.

—Después pregunto.

—Está bien, cuídate Lena.

—Igualmente.

Si no fuera porque sé disimular, tal vez el sujeto se hubiera dado cuenta de que mi corazón estaba latiendo demasiado rápido. Al final de todo, Dylan causaba esta sensación en mí.

—Y no queremos dejar de lado a un estudiante, el cual nos marcó mucho y fue un gran estudiante aquí, en la preparatoria. ¡Un minuto de silencio para Liam Saúl Lougthy!

Todo estaba en completo silencio y esto era tan incómodo. La mirada de Dylan me hacía sentir aún más incómoda. Empecé a contar en voz baja. —Tres, Dos, Uno.

Siguió la ceremonia, era tan irritante.

—¡Y no lo olviden! ¡Lleven sus mejores prendas! ¡Hoy es el gran baile en el salón!

¡Qué carajo!

—¡Ho... hola Lena! —¿En serio me habló él?

—¡Hola, Kyle! —respondí.

—¿Tienes pareja para el baile?

¿En serio? ¿Pareja para el baile?

—No, ¿Por qué?

—¿Quisieras ir conmigo?

La mirada de Dylan hizo que desviara la mirada de aquel ojicafé. Pensé por algunos segundos, estaba casi segura de que Dylan se lo había pedido a Judith, la chica más hermosa de nuestro salón, no me quedó de otra más que responder.

—¡Sí, claro!

—¡Uff! Por un petit instant, me asusté.

¡Maldito!

—Paso por ti a las 8:10.

—Ok.

Kyle Gerard Kravitz era el típico chico guapo de la escuela, era uno del archienemigo de Liam. Ahora me sentía culpable. Iría al baile con Kyle.

Capítulo 36.

Lena:

Pensaba en qué llevaría para el último baile de graduación; tenía tantas opciones, pero ¿cuál sería la definitiva?

—¡Mamá! —Grité desesperada.

—¿Qué pasa, Lena? —preguntó.

—¿Dónde estás?

—Cocinando.

¿Mi mamá? ¿Cocinando?

—Hoy es el baile de graduación. —dije preocupada. —¡No tengo ropa!

—Oh, no, oh no, ¿A qué hora es? —preguntó alarmada.

—Kyle pasa por mí a las 8:10.

—¿Kyle? —rio.

—Sí, mamá, Kyle. —Agh. —¿Qué me pongo?

—Adrienne, ve y arréglate, ponte sombra, báñate, yo me encargo de esto.

Estaba tan preocupada, no sabía qué hacer, y mi mamá se fue solo.

Quería verme bonita, por primera vez en mi vida.

Me bañé lo más rápido posible, pero el problema era que no sabía cómo maquillarme sin saber qué usaría.

Me puse base y un poco de corrector.

A la hora llegó mi mamá con un hermoso vestido morado, era largo, tenía un montón de brillos y era pegado.

—¡Mamá! —Grité. —¡Soy gorda!

—Póntelo.

—¡No!

—Lena, faltan 15 minutos para que llegue... —rio. —Kyle.

—No te rías.

—Póntelo.

—¡Voy!

Lo observé bien, era un vestido bellísimo.

Me veía tan bonita con él, y pude ponerme sombra morada, mis ojos resaltaban totalmente. Yo era completamente feliz, el único detalle es que no iría con Dylan, con mi Dylan.

Sonó el timbre, Kyle estaba afuera y me ponía tan nerviosa, no sabía qué hacer. Me tenía que poner las pestañas postizas para que mis ojos resaltaran, pero el pegamento no secaba y empezaba a estresarme más y más.

—¡¿Puedes abrir la puerta, mamá?! —grité.

—¡Voy!

Estaba tratando de tranquilizarme, porque nada me estaba saliendo bien.

—Lena, apúrate —gritó mamá.

—¡Ya voy!

Estaba tan molesta. Iba saliendo del cuarto, cuando...

—¡Hola, Lena! ¿Nos vamos?

—Oh, no, tú no eres mi pareja.

—Hicimos un trato, él iría con Judith y yo contigo.

—¿Fui un trato?

—¡No! Bueno, básicamente sí, yo creí que a mí me dirías que no.

—¡Jódete Dylan Jared Lombardi! Yo estaba esperando a que me dijeras "vamos".

—Jaja, ja, ja, entonces espera.

—¿Quieres ir al baile conmigo?

Era tan vergonzoso, mi mamá presentaba aquella escena y se reía de lo patético que nos veíamos.

—Bueno, par de tórtolos, seguiré cocinando. No crean que esta noche me quedaré sola, vendrá mi prometido.

—¡¿Tu prometido?!

—¡Sí, Lena! ¡Es el papá de Violeta!

—¡¿Violeta?!

—¡Vámonos Lena, o se hará más tarde!

—¡Tú y yo hablaremos de esto cuando llegue ¿ok?

—Ok, ¡No olviden usar protección! —Gritó y rio.

¡Qué onda con mi madre! ¡No iba a tener sexo en mi último baile de la escuela!

En el transcurso de tiempo que caminé con Dylan para llegar al salón hubo mucho silencio.

—Debemos hablar. — Dijo Dylan.

—¿De qué? — Respondí.

—Sobre nosotros.

—¡Claro! ¡Iniciemos! ¡¿Cómo cuando me gritaste y me dijiste retrasada?! ¡Ah! ¿O cuándo me dijiste que me callara el maldito hocico? Claro Dylan, hablemos como personas adultas y con mucho conocimiento y muy civilizadas.

—Antes de todo, tenías que guardar respeto ante el fotógrafo, en primera, él fue bueno contigo.

—¡WOW, sí, se merece la premier! —Sarcasmo.

—Lena, tú me heriste.

—No eres el único.

Tomó mi mano.

—Lena, te amo, y quiero que nunca dudes de esto. —Tomó bocana de aire. —Eres tan Lena y me encanta Lena, por quién es.

Retiré mi mano de la suya.

—Lena What if we rewrite the stars? Say you were made to be mine Nothing could keep us apart You'll be the one I was meant to find It's up to you, and it's up to me No one could say what we get to be So why don't we rewrite the stars? And maybe the world could be ours, tonight

—Dylan No one can rewrite the stars How can you say you'll be mine? Everything keeps us apart And I'm not the one you were meant to find It's not up to you, it's not up to me, yeah When everyone tells us what we can be And how can we rewrite the stars? Say that the world can be ours, tonight.

—No importa, yo te amaré así, deba estar en la cárcel, tú eres lo mejor que me ha pasado.

—Entremos.

—Está bien.

Entramos al salón del baile y estaba sonando una canción que amo completamente, se llama "El Baile y el Salón" de Café Tacvba.

Comencé a tararear la canción.

—¿Te gusta Café Tacvba?

—Amo a Café Tacvba. Liam y yo solíamos bailar sus canciones. También te había comentado que Raquel y yo las cantábamos a todo pulmón.

—Extrañas mucho a Liam, ¿cierto?

—Cada día, cada hora, cada minuto, cada respiración, lo extraño con toda mi alma.

—¡Ven! —Jaló mi mano y salimos del salón.

Me llevó corriendo al lugar de las mariposas.

—¡Ven, siéntate! —Dijo con una bella sonrisa. —La luz de la luna, reflejada en el agua y el agua refleja los brillos de tu vestido, te ves más que perfecta, te ves totalmente maravillosa.

Esas palabras me hicieron temblar y no pude contenerme, lo besé.

—Lena, tú eres la chica más increíble que he conocido, y quiero pasar cada momento contigo, sin importar cuál sea mi último aliento.

—¿Es sano mantener una relación cuando se han dicho cosas tan dolorosas?

—Seamos honestos, la ira nos hace hacer y decir cosas horribles, pero debemos aprender a controlarla. Lena, yo me veo contigo en todo momento. —Inhaló. —Me veo contigo cruzando más que corazones. Me veo contigo en el altar, donde digamos "Sí" a todo.

Aquellas palabras me hicieron sentir especial, pero no quería lastimarme.

—Soy una chica totalmente afortunada por haberte encontrado en mi vida, no quiero que me faltes, nunca, nunca más.

—Lena, ¿quieres ser mi novia?

Esta vez fue diferente la forma en que me lo pidió, pero fue única de nuevo.

—Quiero, quiero ser tuya de nuevo, Dylan.

Empezaron a caer gotas, lo que significaba que estaba lloviendo.

Él puso la canción "Bailemos" de BERH.

—¿Me permite esta pieza, madam? —preguntó mientras extendía su mano hacia mí.

—Claro que sí, modom. —reímos.

Las gotas de lluvia eran la melodía de nuestro amor, la canción era el fondo de todo, Dylan y yo éramos el complemento de esta hermosa pieza. Y la canción "Bailemos" tenía nombre y apellido: Lombardi Dankword.

Epílogo

Dylan y yo volvimos, y estas semanas han sido perfectas y conflictivas, pero siempre somos el rompecabezas que debemos resolver. Dylan y yo somos personas destinadas, vivimos juntos en los pedazos de nuestro corazón roto. Eran vacaciones e intentamos disfrutarlas al cien por ciento.

—¡Lena! ¡Lena! —Dylan gritó con desesperación y felicidad a la vez.

—¡¿Qué pasa amor?! —pregunté asustada.

—¡Estoy, estoy muy feliz! —agregó con una sonrisa que mostraba sus dientes.

—¿Qué pasa? ¡Diablos, Dylan! ¡Cuéntame!

—¡He sido aceptado en la Universidad de Rusia!

Estaba feliz por mi Dylan, realmente era más que feliz.

—¡Felicidades, cariño!

—¡Vamos a festejar, tú y yo hemos quedado en nuestras escuelas!

—¡Vamos, cariño!

La sonrisa y la vibra que me contagiaba Dylan era perfecta, era tan única.

Conociendo la felicidad de él pude saber que Dylan era mi lugar feliz.

Era tarde, de hecho muy tarde, pero no podía dejar pasar desapercibida aquella emoción que veía en Dylan, aunque tenía mucho miedo de saber qué pasaría después.

Tenemos tres días para amarnos, el domingo tomaremos el vuelo e iremos a nuestras universidades, él se irá a Rusia y yo me iré a París.

Admito que el miedo me consume, tanto que quiero gritar y llorar, pero está bien, la confianza es todo en una relación a distancia. Además, nos seguiríamos viendo en las vacaciones y mantendremos la casa de "los pedazos de un corazón roto" intacta y limpia, porque en algún futuro será nuestra casa.

Sigo creyendo que no tengo ninguna enfermedad, aunque los médicos digan lo contrario. Sé que estoy bien, de hecho, más que bien.

Este 25 de diciembre fue uno de los mejores, aunque sentí tanta nostalgia porque no estaba Liam por primera vez. Siempre acostumbrábamos a hacer eso: Liam una Navidad conmigo y yo en Año Nuevo. Pero cuando murió papá, él nos acompañó en Navidad y Año Nuevo, por eso amaba tanto a Liam.

Dylan trajo el pavo y mamá y yo preparamos la ensalada de manzana y betabel. Además, lo que más nos gustaba era frotarla sobre nuestras mejillas para que se pusieran rojas.

La convivencia fue perfecta. Este 31 de diciembre no hicimos nada, solo tomamos dos botellas de whisky como personas civilizadas. Amé estas dos fechas. Pudimos conectar más como madre e hija.

♥♥♥

Dylan: Liam, acabo de terminar la preparatoria y ha sido algo pesado. Lena y yo nos vamos de aquí y nuestros caminos no se cruzarán más. Tengo tanto miedo de lo que pueda pasar después, pero está bien, el miedo es algo humano.

Voy a estudiar astronomía en la universidad de Rusia, siempre ha sido una pasión que me conecta con la naturaleza.

Te prometo que cada vez que tenga vacaciones, te traeré tulipanes blancos como nuestro secreto.

Gracias por todo, eres el mejor amigo que pude haber conocido.

Antes de venir aquí, empaqué mis cosas y nunca olvidé llevar la foto de Lena, la puse en mi corazón y agradecí por tenerla en mi vida.

Mañana me iré y la extrañaré más que nunca extrañé a alguien.

♥♥♥

Lena: Mañana 5 de enero me voy a las 09:00 am y no estoy lista para irme, estaré sola durante mucho tiempo, y duele.

Espero poder ser feliz con Dylan a distancia.

El tiempo ha pasado rápido, al igual que mi insomnio. Mamá me preparó un banquete, por eso olía tan rico en la madrugada.

¡Son las 4:00 am y debo alistarme para ir al aeropuerto! Me toma al menos 3 horas llegar allí, más la hora que debo esperar. ¡Es tarde!

—Solo siéntate a comer, aunque sea estos 15 minutos, por favor, amor.

—Sí, mamá.

Liam se quedaría solo, aunque aún no me explicaba quién le dejaba tulipanes. Su familia se mudó después de que él murió.

No importa, Liam siempre sería alguien tan importante en cada uno de los pedazos de mi corazón roto.

¿Cómo se supera a alguien que ha sido el amor de tu vida desde los 3 años? Así es, es imposible.

—Mamá, ¿puedes prometerme algo?

—Dime, Lena.

—¿Podrías prometerme que cuidarás de ti en todo momento? ¿Que cuidarás a Laura por mí?

—Te lo prometo, amor. Suerte en tus viajes. Cualquier cosa, por favor, márcame.

—Lo haré, mamá. Gracias.

—Estoy angustiada, pero sé que estarás bien.

—Lo estaré.

Tomé el autobús que me llevaría al aeropuerto.

—¡Te amo Lena! —Gritó mamá.

—¡Te amo más mamá! —Grité.

Tome asiento hasta atrás del camión, mis maletas eran muchas, traía suficiente dinero, de hecho, mucho dinero, y debía guardarlo bien.

En el transcurso de tiempo que estuve en el autobús iba practicando mi francés.

Cuando de repente me llego llamada entrante de Dylan.

—¿Bueno?

—¡Hola, Lena! —¿Ya estás en el aeropuerto?

—No, llegó en 10 minutos más o menos.

—Ok, me avisas cuando llegues.

—Sí.

Baje mis cosas poco a poco, el chófer me ayudó.

—Merci beaucoup.

—¿Francés?

—Sí, práctico para mi escuela.

—¡Genial!

—¡Gracias! ¡Hasta luego!

—à plus tard mademoiselle.

Comencé a jalar las cosas cuando sentí que alguien me tocó el hombro.

—¡Te extrañaré!

—Dylan, que haces aquí!

—También sale mi vuelo, ¿Recuerdas?

—Es verdad.

—Te traje, estás flores. —era un tulipán Blanco.

—¡Gracias! Pero no me dejarán subir con él.

—¿Cómo no? —Vi que saco un libro de su maleta, un libro que decía Aprovéchate de mí de Xochitl Lagunes. —Lena, te entrego el libro y el tulipán, por qué quiero que me recuerdes con algo, aunque sea mínimo.

—Te amo Dylan —Lo besé.

¡Le dije te amo! ¡Carajo! ¡Es verdad! ¡Lo amo realmente!

Él separó sus labios de los míos y susurró en mi oído un "También te amo".

Mi vuelo estaba a punto de salir.

Subí al avión y comenzó a llover, junto con mis lágrimas. No eran lágrimas de dolor, eran lágrimas de felicidad.

Los vidrios del avión se empañaban, pero no importaba. Aún podía ver la hermosa sonrisa de Dylan mezclándose con el aroma de la lluvia.

Fue entonces cuando supe que lo que sentía por él era inefable.

En el avión recordé la carta que Liam me escribió antes de morir, una carta que nunca tuve el valor de leer.

Querida Lena Dankword:

Ni siquiera sé cómo pudiste descifrar el acertijo tan rápido, aunque en realidad no era tan complicado.

Hoy, 03/08, sabía que verías a Dylan. Ustedes dos hacen una bonita pareja y no te juzgaría por nada, Lena.

Estoy confundido, totalmente. Pensé que Jazmín era la indicada, pero me di cuenta de que durante todo el tiempo que estuvimos juntos, ella solo me mentía. Me engañó con Sam, ¿Puedes creerlo?

¿Recuerdas cómo nos conocimos, Lena? Estabas vestida con un overol de mezclilla y una blusa rosa. Tenías botas amarillas que no combinaban para nada, pero te veías más que linda. ¿Recuerdas cuando nos dedicamos la canción "Si tú no estás" de Nanpa y Soires? Estábamos en las escaleras del tercer piso, en el salón VIII. Tú estabas tomando una coca y yo comía papas fritas.

Durante nuestro crecimiento juntos, me diste motivación. Siempre soñé con bailar contigo toda la noche, escuchando a BERH repitiendo una y otra vez "Bailemos". Siempre quise protegerte con cada uno de mis movimientos, me aterraba perderte.

Últimamente, he estado llorando mucho, no me siento bien en ningún momento. También deberías saber que la noche en tu cumpleaños te había preparado una cena romántica en el lugar de las mariposas. Dios, estuve a punto de declararme a ti. Deberías saber que también me aterra la noche. Le pedí ayuda a Sam para poder vencer ese miedo e ir contigo a la cena romántica. ¿Por qué crees que al día siguiente ya andaba con Jazmín? Exacto, Sam programó la cita con ella justo cuando tú me cancelaste.

¿Sabes por qué le tengo miedo a la noche? Mi abuela y yo fuimos asaltados y mataron a mi abuela en la noche, a unas cuadras de nuestra casa. A mí me dispararon en el hombro. Por eso nunca te dije lo que me había pasado allí.

Al igual que tú, he perdido a personas que amaba con todo mi corazón, pero no quiero que creas que te minimizo por eso. Eres una chica increíble.

Ayer, 02/08, que nos volvimos a ver, tuve un pensamiento suicida, pero sabía que debíamos vernos más tiempo. Sí, Lena, me enamoré de tus hermosos ojos tristes, de tus labios color durazno, de tus manos tan bonitas. Me enamoré completamente de ti y eso me hace sentir un chico tan increíblemente afortunado.

¡TE AMO LENA ADRIENNE DANKWORD ROJAS!

Por siempre tuyo: Liam Saúl Lougthy.

Y al final, siempre nos quedamos sin una pieza en nuestro corazón de rompecabezas.

Sophy H.G. Rojas

LOS PEDAZOS DE UN CORAZÓN ROTO

Te invito a navegar conmigo
en el océano de nuestros
corazones.

Danzando en cada etéreo de
nuestras cortas vidas
Siguiendo la melodía del aire
sobre nuestra neblina.

Tocando todo el fondo del
océano con tanta delicadeza
inefable.

Y si nuestras sonrisas
conectan
Yo tal vez sería tu ancla.

¡Bésame! Que tal vez este
sea nuestro último sentir.

¡Abrázame! Que esto solo es
efímero.
Quería que fuéramos
sempiterno,
Haciendo música en el
hermoso petricor.
Si nuestro amor es
totalmente
inconmensurable,
no dejemos de danzar en los
pedazos de nuestro corazón
roto.

Dedicatoria

Con el más grande honor y felicidad, les dedico a las siguientes personas por su apoyo incondicional.

Le dedico este libro con todo mi corazón a mi mamá, porque fue mi más grande inspiración para lograr escribirlo, te lo dedico porque supiste ser mi madre y ser mi padre al mismo tiempo, mereces más que solo una dedicatoria, pero quiero que sepas que gracias a ti lo estoy logrando.

La dedicatoria es para mi abuela (mamá Sofí), ella fue inspiración para llegar lejos y creyó con plenitud en mí, ¡Gracias por brindarme esta oportunidad!

A mi querida hermana dedico este libro, porque supiste cuidar la privacidad e inclusive me dijiste que era una buena idea. Me inspiraste para poder lograrlo.

Dedicado a mi pequeño Isaí, eres el más guapo de este libro, por eso decido ponerte. La dedicatoria va para ti, en un futuro no muy lejano, algún día podrás leerlo. Te amo gordofredito.

En especial quiero dedicarle este libro a mi mejor amigo por hacerme sentir demasiado segura en este hecho tan increíble, por acompañarme en las suficientes cosas, y corregirme en varios guiones. También les dedico a mis amigos que apoyaron la idea, ¡Gracias!

La dedicatoria también va para él, porque me inspiró a creer que todo estaría bien, y me dijo que debía escribir para poder desahogarme, si no fuera por ti, tal vez este libro no estaría.

Quiero dedicarle este hermoso libro al cantante más impresionante de mundo "BERH" si no hubiese sido por él, no tendría las canciones más maravillosas en este libro, de todo Corazón, espero te guste.

Y, por último, les dedico este libro a las grandes personas que lo han apoyado, que han aprendido de él y que han podido formar parte de mi corazón roto.

Contenido

Prólogo:	7
Capítulo 1.	10
Capítulo 2	14
Capítulo 3.	17
Capítulo 4.	20
Capítulo 5.	24
Capítulo 6.	27
Capítulo 7.	31
Capítulo 8.	35
Capítulo 9.	41
Capítulo 10.	44
Capítulo 11.	50
Capítulo 12.	55
Capítulo 13.	59
Capítulo 14.	69
Capítulo 15.	72
Capítulo 16.	77

Capítulo 17.	81
Capítulo 18	84
Capítulo 19.	88
Capítulo 20	93
Capítulo 21.	99
Capítulo 22.	103
Capítulo 23.	110
Capítulo 24.	118
Capítulo 25.	121
Capítulo 26.	126
Capítulo 27.	133
Capítulo 28.	138
Capítulo 29.	143
Capítulo 30.	151
Capítulo 31.	160
Capítulo 32.	164
Capítulo 33.	167
Capítulo 34.	171
Capítulo 35	177
Capítulo 36.	181
Epílogo	188
Dedicatoria	198

www.ingramcontent.com/pod-product-compliance
Lightning Source LLC
LaVergne TN
LVHW040143080526
838202LV00042B/3005